Elke Heidenreich

Der Welt den Rücken

Erzählungen

Carl Hanser Verlag

10 04 03 02

ISBN 3-446-20052-5

Satz: Reinhard Amann, Aichstetten
Druck und Bindung: Friedrich Pustet, Regensburg
Printed in Germany

»... weil das Glück eines Paares stets
der Welt den Rücken kehrt ...«

Romain Gary

»Glückliche Liebe. Ist das normal
und ernstzunehmend nützlich –
was hat die Welt von zwei Menschen,
die diese Welt nicht sehen?«

Wisława Szymborska

»... dein Herz hat anderswo zu tun ...«

Ingeborg Bachmann

Die schönsten Jahre

Ich bin einmal, nur ein einziges Mal mit meiner Mutter zusammen verreist. Da war sie achtzig Jahre alt und noch sehr gerade, sehr energisch und tatkräftig, und ich war fünfundvierzig und hatte Rückenschmerzen, fühlte mich ziemlich alt und war alles andere als zufrieden mit meinem Leben. Meine Mutter lebte in einer ordentlichen Wohnung in einer Kleinstadt im Süden und ich in einer unordentlichen in einer Großstadt im Norden. Als sie älter wurde, besuchte ich sie öfter – notgedrungen, denn wir verstanden uns nicht besonders gut. Aber ich dachte, sie würde mich vielleicht brauchen, müßte doch in diesem Alter allmählich schwächer, schusseliger und vergeßlicher werden, und so reiste ich alle paar Monate an, um irgend etwas bei Behörden für sie zu erledigen, den Großeinkauf mit dem Auto bei Aldi zu machen, auf die Leiter zu steigen, die Gardinen abzunehmen und zu waschen, im Frühling den Balkon zu bepflanzen und im Herbst alles zurückzuschneiden und die Töpfe in den Keller zu tragen – was man eben so macht als einzige Tochter, aus Pflichtgefühl, nicht unbedingt aus Liebe. Und immer kam es mir so vor, als wäre ich es, die schwächer, schusseliger und vergeßlicher würde und nicht sie. Sie sah mir zu, wie ich mit den Gardinen auf der Leiter stand, gab Anweisungen, rügte: »Du machst sie mit deinen Pfoten ja gleich wieder dreckig«, oder fand, daß ich die Azaleen ganz falsch zurückgeschnitten hätte. Sie bedankte sich auch nie, konnte es nicht einmal über sich bringen, »das hast du gut gemacht, Nina« zu sagen. Das hatte sie nie gekonnt. Bei uns zu Hause wurde nicht gelobt. »Na also, es geht doch!« war das Höchste, was meiner Mutter an Anerkennung über die Lippen kam, und das war schon so gewesen, als ich noch ein Kind war und gute Noten aus der Schule nach Hause brachte – »Na also, es geht doch.«

Ich wohnte immer im Hotel, wenn ich sie besuchte, und Herr Bürger, der Empfangschef, küßte mir jedesmal die Hand, wenn ich kam und sagte: »Frau Rosenbaum, es ist absolut beeindruckend, wie liebevoll Sie sich um Ihre reizende Frau Mama kümmern, das würden nicht viele Töchter tun, noch dazu, wo Sie doch so beschäftigt sind.«

Ich arbeitete damals für eine Zeitung, und immer hatte er mir die Zeitung schon aufs Zimmer bringen lassen, druckfrisch, und hatte mit einem Ausrufungszeichen angestrichen, wenn etwas von mir drin stand, als würde ich das nicht selbst sehen. Ich ging dann nach oben, versuchte, mich in die Zeitung zu vertiefen und nicht an meine Mutter zu denken, die in ihrer Wohnung jetzt einen genauso idiotischen einsamen Abend verbrachte wie ich hier im Hotel. Warum war es nicht möglich, vergnügt und friedlich mit ihr bei einer Flasche Wein zusammenzusitzen? Warum konnten wir nicht einfach einen netten Abend miteinander verbringen, ein bißchen lachen, ein bißchen ›weißt du noch ...?‹ sagen und einfach erzählen? Weil es kein ›weißt du noch‹ gab, und wenn, war es vermint. Und weil wir in nichts einer Meinung waren. Wir hatten nur fünfzehn Jahre zusammengelebt, meine ersten fünfzehn Jahre. Danach waren unsere Treffen auf Besuche beschränkt, ich bei ihr, sie bei mir, und wir lebten eher gegen- oder bestenfalls nebeneinander als miteinander. Wir mochten nicht dieselben Menschen, nicht dieselben Dinge.

Das fing schon beim Wein an. Ich liebe gute, trockene Weine. Sie kaufte, auch wenn sie wußte, daß ich kam, dieses billige Zeug mit Schraubverschluß, angeblich, weil sie keine Kraft hatte, den Korken aus der Flasche zu ziehen. Ich hatte ihr schon mindestens fünf praktische Korkenzieher geschenkt, immer wieder neue, verbesserte Modelle, die man ohne großen Kraftaufwand anwenden konnte. Die lagen alle in der Küchenschublade, und nach wie vor gab es irgendeinen Schraubverschlußwein der Marke »lieblich«, und kalt gestellt war er auch nie. Aber ich hätte selbst den getrunken, zur Schorle veredelt mit kaltem Mineralwasser (»ich hab aber nur welches ohne Kohlensäure!«), wenn es nicht immer wieder diese Diskussionen gegeben hätte – über mich, die Art, wie ich mich anzog, über das, was ich in der Zeitung schrieb, über meine Gesundheit und wie unachtsam ich damit umging, über mein leichtsinniges Verhältnis zum Geld. Unweigerlich fing sie irgendwann mit diesen Lieblingsthemen an, und der Abend war gelaufen. Wenn dann noch kam »Du wirst deinem Vater immer ähnlicher«, dann wußte ich, daß wir uns auf gefährlichem Gelände bewegten und daß es höchste Zeit war, zu gehen.

Mein Vater war seit fast dreißig Jahren tot, aber ihr Zorn auf ihn hatte nie nachgelassen, und diesen Zorn übertrug sie auf mich. Ich hatte, wie sie sagte, »seine ganze Art« geerbt, was immer das heißen mochte, und auf irgendeine Weise waren wir beide daran schuld, daß ihr Leben nicht so verlaufen war, wie es hätte verlaufen können.

»Du wirst auch nicht alt, genau wie er, wenn du so weitermachst«, kam dann meist noch nach. So weitermachen, das hieß: wenn ich weiterhin rauchte, Weißwein statt Kräutertee trank, keinen Sport trieb – Mutter ging noch mit achtzig fast täglich zum Schwimmen – und meine Ehe mit wechselnden Affären ruinierte. Sie wußte davon, weil meine Cousine Margret, mit der ich schon seit zwanzig Jahren kein Wort mehr redete, leider in derselben Stadt wohnte wie ich und ab und zu etwas mitkriegte, meine Mutter anrief und sagte: »Tante Nellie, hast du schon gehört, was Nina wieder angestellt hat?«

»Du kommst nie zur Ruhe«, seufzte meine Mutter. »Wie dein Vater.«

»Die Liebe ist eben eine ewige Baustelle«, sagte ich so leichthin wie möglich, und meine Mutter schüttelte den Kopf und sagte: »Jeder Mensch kann nur einmal in seinem Leben richtig lieben. Bei mir war es jedenfalls so.«

Daß diese eine richtige Liebe mein Vater gewesen sein sollte, konnte ich nicht glauben, sie waren fürchterlich miteinander umgegangen, und nach seinem

Tod war meine Mutter damals richtig aufgeblüht und hatte nie mehr einen Mann in ihre Nähe gelassen. Also mußte sich da vor der Ehe etwas abgespielt haben, aber mit wem? Und vor allem: wann? Sie hatte doch schon mit zwanzig geheiratet. Als ich geboren wurde, waren meine Eltern bereits fünfzehn Jahre verheiratet, ich war im Kriegsurlaub gezeugt worden, das ungewollte Zufallskind, noch in den letzten Kriegsjahren geboren. »Ich wollte kein Kind«, hatte meine Mutter oft genug gesagt. »Wir wollten alle kein Kind damals, der Krieg lag ja immer mit im Bett.« Und vorher, was konnte denn vorher schon gewesen sein an umwerfenden Liebesgeschichten? Meine Mutter sprach nie über diese einmal kurz angedeutete Liebe, sie erzählte kaum von früher, und ich wußte fast nichts über meine, ihre, meines Vaters Familie, weil wir entweder mit allen Streit hatten oder zuviele inzwischen schon längst tot waren. Tot und nicht mehr da, nicht einmal in den Erinnerungen.

Wenn ich nachfragte, setzte sie ein abweisendes, fast angewidertes Gesicht auf. »In meiner Familie war alles tragisch, in seiner alles chaotisch«, sagte sie dann, und das Thema war erledigt, bis auf den Zusatz: »Du schlägst nach seiner.«

Das wußte ich ja nun schon zur Genüge und ging, um die Diskussion zu beenden, ins Bad, wo ich mich lange im Spiegel betrachtete und nach Ähnlichkeiten mit ihr suchte. Ich hatte ihre Hände und ihre skeptischen Falten auf der Stirn – mehr nicht, hoffte ich. Und dann öffnete ich die Toilettenschränkchen und sah, was ich schon vermutet hatte: all die teuren

Kosmetika, die ich ihr schickte – gute Cremes, Hautöl, Duftseifen –, lagen unangebrochen in den Schubladen. Sie benutzte nach wie vor nur Nivea-Seife und Nivea-Creme. »Mehr brauche ich nicht«, sagte sie, »das reicht, Fett und Flüssigkeit, alles andere ist dummes Zeug.« Alles, was ich ihr schenkte, verschwand als »dummes Zeug« in den Schubladen der Schränke – Hausschuhe, warme Strickjacken, zusammenfaltbare Einkaufstaschen –, meine Geschenke waren immer falsch. »Danke, aber das wär doch nicht nötig gewesen«, sagte sie, wenn ich am Telefon fragte, ob sie sich denn über das Weihnachtspaket gefreut hätte, und: »Ich hab doch alles. Wenn du endlich glücklich würdest oder wenigstens ein bißchen geduldiger, das wäre für mich die größte Freude.« Ich muß aber zugeben, daß ich die Geschenke meiner Mutter auch nicht mochte – weiße Angora-Unterwäsche in kränkenden Größen, Schnapspralinen, auf denen der Preis noch klebte, Gesundheitssandalen aus dem Reformhaus. Wir konnten beide nicht geben, und wir konnten nicht nehmen – zumindest nicht für- und voneinander.

Wenn ich mich beruhigt hatte, ging ich wieder zu ihr ins Wohnzimmer, brach aber meist bald auf. Bis ich ging, erzählte sie wie viele alte Leute, die zu lange allein sind und das, was sie erleben, an niemanden mehr loswerden können, atemlos und fast ohne Punkt und Komma:

»Neulich bei dem schönen Wetter habe ich den Mann mit den langen Haaren wiedergetroffen, warum der die nicht mal schneidet, wissen die Götter, er sagte, gucken Sie mal, die grünen Wiesen, wie schön wir es hier haben, und die blöden Leute müssen dauernd verreisen, ich verstehe nicht warum, soll ich Ihnen was sagen, Bekannte von mir, zwo Komma fünf und null! Null! Ich wußte erst gar nicht, was er meinte, aber er meinte, daß Bekannte von ihm ins Gebirge gefahren waren, 2500 Meter hoch und es lag gar kein Schnee! Das ist schon ein komischer Heiliger, der. Die Frau ist ja schon lange tot, ich frage mich, wie der lebt, ob der sich jeden Tag was kocht? Gesund sieht er nicht aus, ist mir aber auch egal. Und weißt du, wen ich auch wiedergetroffen habe? Die Frau mit den Pudeln, die wie Schäfchen aussehen, und ich hab gefragt, wo ist denn Herr Brenner mit dem Rollstuhl, den hab ich so lange nicht gesehen, wissen Sie das denn nicht, sagt sie, der ist doch tot, und ich sage, na, da wird die Frau aber froh sein, die wollte ja schon lange, daß der endlich stirbt, sie hat ihn ja mal mit der Nichte im Bett erwischt, und seitdem war die Ehe im Teich. Ich weiß nicht, was das immer für ein Trieb ist bei den Männern, aber du hast den ja anscheinend auch. Früher ist der immer hoch zu Roß herumgeritten, aber dann der Schlaganfall, ja, so kann es gehen, und die Frau mit den Pudeln sagt, daß die jetzt so haaren, weil das Wetter umschlägt, mich könntest du mit Pudeln ja jagen, was findet man an Pudeln. Du siehst schlecht aus, ich seh das immer sofort, wenn du zuwenig schläfst.«

Das war dann so ein Moment, wo sie eine kleine Pause machte und ich konnte sagen: »Ja, ich geh dann jetzt auch mal ins Bett«, und ich durfte endlich weg.

Nie redeten wir über Dinge, die mit uns zu tun gehabt hätten.

Beim Abschied küßten wir rechts und links die Luft neben unsern Gesichtern und berührten uns nicht. Ich kann mich nicht erinnern, wann meine Mutter mich je in den Arm genommen, gestreichelt, getröstet, berührt hätte. Als Kind hat sie mich oft geohrfeigt. Das waren die einzigen Berührungen zwischen uns, an die ich mich erinnern konnte.

Wenn ich dann ins Hotel kam und Herr Bürger sagte: »Frau Rosenbaum, neulich habe ich Ihre Frau Mama bei Aldi getroffen, erstaunlich, wie rüstig sie noch ist! Und immer so gepflegt, und wie gerade sie sich hält! Das haben Sie von ihr. Wissen Sie was? Sie werden ihr immer ähnlicher«, dann war ich fix und fertig, brauchte ein heißes Bad und eine Minibar.

An ihrem achtzigsten Geburtstag hatte sie sich Gäste eingeladen, lauter ältere Damen. In so einem Kreis war ich dann manchmal die Vorzeigetochter von der Zeitung, deren Mann ein gut verdienender Zahnarzt war. Dann fielen zum Beispiel Sätze wie: »Meine Tochter steht sich ja sehr gut«, oder: »Neulich hat Nina eine ganze Seite über Greenpeace geschrieben«, und diesmal sagte sie: »Nina fährt morgen nach Italien, sie arbeitet dort für ihre Zeitung«, und die alten Damen waren sehr beeindruckt.

Es stimmte, ich wollte nach Mailand fahren, aber nicht, um zu arbeiten. Ich wollte Flora wiedersehen. Flora und ich hatten uns vor ein paar Wochen in New York kennengelernt und uns unbeschreiblich ineinander verliebt. Wir wollten jetzt prüfen, was von diesem Blitz geblieben war, der in uns beide eingeschlagen hatte, am ersten Abend, sofort, bei den ersten Sätzen und Blicken, gleich als sie auf diese Party kam, auf der Ludwig und ich auch waren. Wir standen zusammen und sahen uns an und redeten und redeten und waren außer uns vor Glück und Erstaunen, Flora und ich. Sie war vierzig, lebte allein, war immer die Geliebte verheirateter Männer gewesen. Eine kurze Beziehung zu einer Frau hatte es in ihrem Leben schon gegeben – in meinem noch nie. Ich hatte nie auch nur daran gedacht, aber manchmal etwas neidisch Frauen zugesehen, die sich liebevoll umarmten. Es war etwas anderes, als wenn sich einfach nur Freundinnen umarmten, und ich spürte seit Jahren so eine vage Sehnsucht danach, von einer Frau geliebt zu werden. Als ich Flora sah, ihr ovales Gesicht, ihre dunklen Augen, war ich hingerissen und so verliebt, wie es mir bis dahin eben nur mit Männern passiert war, und sie reagierte leidenschaftlich und intensiv. Als Ludwig nach Deutschland zurückflog, blieb ich noch und erlebte mit ihr die zärtlichste, aufregendste, die schönste Woche meines Lebens. Ich hatte nicht gewußt, wie wunderbar es ist, von einer Frau umarmt und geliebt zu werden, und ich sah meine Mutter an und dachte: ›Du hast mich immer nur weggestoßen. Vielleicht muß ich jetzt etwas nachholen‹, und sie fragte: »Warum siehst du mich so an?« »Nichts«, sagte ich und dachte: ›Wenn du das wüßtest! Aber das weißt du nicht, das weiß niemand, nur Ludwig ahnt etwas, aber er interessiert sich nicht mehr genug für mich, um nachzufragen.‹

Ludwig lebte sein Leben, ich das meine. Wir saßen mehrmals in der Woche zusammen beim Essen, mal in seiner Wohnung, mal in meiner, wir gingen freundschaftlich und unkompliziert miteinander um, aber die Leidenschaft war uns irgendwann in den letzten Jahren abhanden gekommen, wohl auch die Liebe. Unsere beiden Söhne waren erwachsen und aus dem Haus, und ich vermißte sie nicht. Sie waren hübsche, arrogante junge Männer geworden, die gutsitzende Anzüge und knappe, gepflegte Frisuren trugen, reihenweise Mädchenherzen brachen und ihre Eltern so wenig noch brauchten wie wir sie. Man telefonierte, ab und zu ein Besuch, ein Anruf, das war's dann, und ich wunderte mich, was ich eigentlich in diesen letzten vierundzwanzig Jahren gemacht hatte und wo ich die ganze Zeit gewesen war. Es tat mir gut, endlich eine eigene Wohnung zu haben. Manchmal fühlte ich mich sehr allein, ein wenig verloren, aber nie einsam. Ich wußte: das war noch nicht alles. Irgend etwas würde mir noch passieren. Jedenfalls: ich war auf Sendung und auf Empfang. Und als Flora in New York in dieses Zimmer trat, stimmten die Frequenzen – durch den Raum war ein Draht gespannt von ihr zu mir, von mir zu ihr, und er vibrierte.

Jetzt wollte ich nach Mailand. Flora kam in zwei Tagen von einem Seminar aus New York zurück. Sie arbeitete als Ornithologin an einem Mailänder Institut, ausgerechnet als Ornithologin in einem Land, dessen wild gewordene kleine Machos Vögel in Netzen fangen, ihnen die Hälse umdrehen und sie fressen. Wie sie damit eigentlich leben konnte, das wollte ich sie fragen, denn in New York war ich nicht viel zum Fragen gekommen. Wir hatten uns geliebt und gestaunt über das, was uns da passierte.

Ich half meiner Mutter beim Aufräumen, als die Damen gegangen waren. Sie lästerte noch vergnügt über die Gebrechen – daß Frau Fischer acht Jahre jünger sei als sie, aber mindestens zehn Jahre älter aussehe, wie klapprig Frau Herzog geworden sei, daß Frau Kindermann nun gar nichts mehr richtig hörte und dadurch zu anstrengend würde. Ich bestätigte alles, Widerspruch brachte sowieso nichts, und tatsächlich war ja auch meine Mutter im Vergleich mit anderen alten Damen so etwas wie Queen Mum in England: immer chic, immer resolut, immer die Nummer eins im Raum. Ich räumte die Kuchenteller und die Sektgläser in die Küche.

»Ich spül das aber selbst«, sagte meine Mutter. Ich war froh darüber, denn ich mochte ihre muffigen Küchenläppchen nicht, und ich machte ihr ja sowieso nichts recht – ich nahm zuviel Schaum und verschwendete Wasser und was weiß ich nicht noch alles.

Sie wickelte mir die Reste der pappigen, süßen Zitronenrolle ein. »Die kannst du nachher noch essen«, sagte sie, und ich protestierte: »Ich mag das nicht, das ist mir zu fett, ich werde zu dick.«

»Ja, ich wollte nichts sagen«, sagte meine Mutter, »aber du bist stärker geworden. Was wiegst du jetzt, siebzig?« »Achtundsechzig«, sagte ich, und sie seufzte: »Das kriegst du nicht mehr runter in dem Alter. Das sind die Hormone.« Und dann fügte sie hinzu: »Naja, achtundsechzig, das geht doch noch.«

So war sie immer – »das geht doch noch« als größtes Kompliment. Wenn ich als Schulkind nur eine Zwei in Deutsch oder Latein heimbrachte und eben keine Eins, hieß es: »Das geht doch noch«, und wenn ich als Fünfzehnjährige für meinen Geschmack schön zurechtgemacht auf eine Party oder in die Tanzstunde ging und fragte: »Gut so?« sah sie mich kritisch an und sagte: »Naja, es geht so.« Loben, anerkennen, das lag ihr nicht, es kam ihr einfach nicht über die Lippen, als hätte ein Lob sie selbst entwertet und kleiner gemacht. Als sie im Sterben lag, gerade noch atmen konnte mit staunend aufgerissenen Augen, auf der Zielgeraden sozusagen, da saß ich an ihrem Bett und sagte: »Mama, du siehst immer noch so toll aus, du hast überhaupt keine Falten«, und in dem Moment merkte ich, daß ich sie auch noch nie vorher gelobt oder ihr etwas wirklich Nettes gesagt hatte. Ich konnte es erst, als sie mir nicht mehr antworten konnte, und wünschte mir, an ihrer Stelle reglos und ohne Chancen dazuliegen, damit sie zu mir von Liebe spräche, mich lobte, Nähe zeigte, wenigstens ein einziges Mal.

Sie steckte die eingewickelte Zitronenrolle in eine Plastiktüte, gab sie mir und strahlte: »Das hast du als Kind immer so gern gegessen.« Sinnlos, zu sagen, was mir auf der Zunge lag: ich bin aber kein Kind mehr. In ihren Augen war ich immer dieses seltsam mißglückte, ungewollte, halbfertige Wesen, und vielleicht würden ja die Reste einer Zitronenrolle aus mir noch etwas machen können.

Als ich mich verabschiedete, drückte sie mir außer der Plastiktüte mit der Zitronenrolle auch das Geschenk, das ich ihr zum Geburtstag gemacht hatte, wieder in die Hand – einen blauen Kaschmirschal. »Nimm, Kind«, sagte sie, »das war nett gemeint, aber Blau trage ich nicht mehr, und ich habe die ganze

Schublade voller Schals, was soll ich denn mit all dem Zeug.« Es war alles wie immer, und doch war es anders. Denn als ich ihr, schon auf dem Treppenabsatz, noch einmal zuwinkte, sagte sie plötzlich und wie aus heiterem Himmel:

»Mailand! Ich war noch nie in Mailand!«

Wie denn auch – sie war überhaupt nur sehr wenig gereist in ihrem Leben. Einmal hatte sie mit einem Bus eine Tour durch Frankreich gemacht und sich gar nicht darüber beruhigen können, daß da schon ganz kleine Kinder fließend Französisch sprachen. »Aber Mama«, hatte ich gesagt, »das sind doch Franzosen, die wachsen damit auf, es ist ihre Muttersprache.« »Trotzdem«, hatte sie beharrt, »noch so jung und schon fließend Französisch, alle Achtung.«

Meine Freunde fanden es immer sehr komisch, wenn ich solche Geschichten von meiner Mutter erzählte. Ich konnte darüber nicht mehr lachen, denn die Wand, die seit meiner Kindheit zwischen uns wuchs, war hoch, aber nicht stabil. Sie wackelte und drohte bei jedem Besuch, bei jedem Gespräch, eine von uns beiden zu erschlagen, wenn wir zu fest daran rüttelten. Heute weiß ich, daß ich mit meiner Mutter viel hätte lachen können – aber damals sahen wir beide schon im ersten Moment, wenn ich sie besuchte und sie mir die Tür öffnete: Aha, keine der alten Rechnungen ist beglichen. Alle Wunden bluten noch. Und dann gab es eben nichts zu lachen.

Nie wäre ich auf die Idee gekommen, mit meiner Mutter zu verreisen, schon gar nicht nach Mailand, und schon gar nicht jetzt, wo ich Flora wiedersehen wollte. Aber da stand sie vor mir, klein und energisch, funkelte mich an und sagte: »Warum nimmst du mich nicht einfach mit? Italien! Das wär mal ein schönes Geschenk. Vielleicht ist dieser Geburtstag ja mein letzter.«

Das sagte sie seit ungefähr zwanzig Jahren – dieses Weihnachten ist mein letztes, den nächsten Geburtstag erlebe ich nicht mehr, ich merke, daß die Kräfte schwinden, oder, ihr Lieblingssatz, wenn sie mal einen kleinen Schnupfen hatte: »Ich bin nur noch ein Mensch von einem Tag.« Das waren alles Erpressungsversuche. Ging es ihr besser oder waren Weihnachten, Ostern, Geburtstag vorbei, straffte sie sich sofort wieder und wußte, daß sie richtig daran getan hatte, sich einen schwarzen Nerzmantel zu kaufen und keinen braunen, denn so könnte sie auf meiner Beerdigung eine bessere Figur machen, und sollte sie wirklich vor mir sterben, Gott, dann könnte ich ihn ja bei ihrer tragen.

»Das ist viel zu anstrengend für dich«, sagte ich ausweichend und stellte mir eine Autofahrt mit meiner Mutter vor.

»Wenn du es aushältst, werde ich es auch aushalten«, sagte sie. »Mailand! Das muß schön sein.« »Gerade Mailand ist gar nicht so schön«, sagte ich, und prompt kam zurück: »Warum fährst du denn dann hin? Schon wieder so ein Kerl?« Ich schwieg bockig und setzte das von ihr so genannte chinesische Gesicht auf – süßsauer: »Oh, das chinesische Gesicht«, sagte sie, »ich frag nicht mehr, ich frag nicht mehr, jeder muß selbst wissen, wie er sich unglücklich macht.« »Oder glücklich«, ich konnte es nicht lassen, und sie sagte: »Schön wär's ja mal.«

»Ich treffe da eine Frau, mit der ich arbeite«, sagte ich schließlich. »Was arbeitest du denn mit einer Italienerin?« fragte sie mißtrauisch. Ich wurde ungeduldig. »Mutter«, sagte ich, » das ist doch jetzt ganz egal, was ich da mache, es ist eine lange Fahrt, es ist heiß, es ist anstrengend, ich bleibe zwei oder drei Wochen, wie willst du denn zurückkommen?« »Herrgott, es gibt doch Flugzeuge«, sagte sie, »ich könnte zwei Tage bleiben und dann zurückfliegen, und Klaus holt mich ab.«

Meine Mutter war erst einmal geflogen, nach Berlin zur Beerdigung ihrer Schwester Luzie, und nun redete sie, als hätte sie die Miles-and-more-Karte für Vielflieger und wäre dauernd unterwegs. Klaus war irgendein Großneffe, der in der Nähe wohnte und sich manchmal um sie kümmerte.

»Also«, sagte ich, »gute Nacht, ich bin jetzt müde, ich will ins Hotel. Ich komme morgen nach dem Frühstück, ehe ich fahre, noch mal bei dir vorbei. Okay?« »Ja, gut«, sagte sie, »und hier, vergiß die leckere Zitronenrolle und den blauen Schal nicht. Weich ist er ja, aber so was trag ich einfach nicht.«

Ich nahm den Schal und ging, und der Empfangschef im Hotel fragte: »Hat Ihre Frau Mama sich denn über das Geschenk gefreut?« »Riesig«, sagte ich und preßte den Schal tief in die Plastiktüte, wo er in die Zitronenrolle matschte. Ich hatte ihn erst am Tag zuvor gekauft und ihm auf die Frage, was ich meiner Frau Mama denn schenken würde, gezeigt. Ihr 80. Geburtstag war in der Zeitung angekündigt gewesen, der Bürgermeister hatte auch geschrieben und gratuliert. »Gerade der«, hatte sie gesagt, »Trottel von der CDU«, hatte den Glückwunschbrief zerrissen und ins Klo geworfen wie damals meine ersten Gedichte und später, als mein Vater tot war, ihren Ehering.

Ich schlief schlecht in dieser Nacht und träumte von der Reise mit meiner Mutter, von Flora.

Am nächsten Morgen fuhr ich noch einmal bei ihr vorbei. Sie öffnete mir in einem leuchtend blauen Kleid (»Blau trage ich nicht mehr!«), das ich noch nie an ihr gesehen hatte. Sie strahlte, hatte ein goldenes Armband angelegt, das Cousine Margret und ihr Mann ihr zum 70. Geburtstag geschenkt hatten, und im Flur stand eine kleine Reisetasche. »Fertig«, sagte sie, »ich freu mich ja so.«

Ich mußte schlucken und mich erst mal setzen.

»Mutter«, sagte ich, »wir sitzen stundenlang im Auto, und dann ...« »Aber das weiß ich doch«, sagte sie ungeduldig. »Ich fahre gern Auto. Das einzige, was dein Vater gut konnte, war Auto fahren, sonntags sind wir oft zum Drachenfels gefahren und haben Hühnersuppe gegessen. Ob man in Mailand auch etwas essen kann, wo kein Knoblauch dran ist? Ich esse nichts mit Knoblauch.«

Ich konnte nur staunen. Sie schaffte es immer noch, mich zu überrumpeln, und in so strahlender Laune hatte ich sie schon so lange nicht gesehen, daß ich einfach nicht das Herz hatte, jetzt noch nein zu sagen. Ich wollte zwei Tage in einem Hotel wohnen, durch Mailand bummeln, ruhiger werden, ein wenig italienisch werden, und danach würde ich für ein paar Tage, eine Woche, zwei Wochen zu Flora ziehen. Dann spätestens mußte Mutter heimfliegen – es würde sich schon irgendwie arrangieren lassen, und im Auto, dachte ich, könnten wir vielleicht wirklich mal über ein paar Dinge reden, die mir schon so lange auf der Seele lagen. Das Auto ist ein wunderbar geschlossener Raum, niemand kann beleidigt gehen und eine Tür zuknallen, man muß sich nicht ansehen beim Reden, und ich mußte mich aufs Fahren konzentrieren und konnte also nicht ausrasten.

»Gut«, sagte ich, »versuchen wir's. Dann los.«

Und ich nahm ihre Reisetasche, während sie geräuschvoll die Jalousien herunterließ. »Hast du deinen Paß?« fragte ich, und sie sagte: »Was denkst du eigentlich von mir, daß ich eine vertrottelte alte Tante bin? Natürlich hab ich meinen Paß.« Und dann trällerte sie plötzlich: »Kennst du das Land, wo die Zitronen blühn? Dahin, oh mein Geliebter, will ich mit dir ziehn.«

Als ich ein kleines Kind war, hat meine Mutter viel mit mir gesungen, und sie kannte Unmengen von Gedichten auswendig und sagte sie bei jeder Gelegenheit auf. Ich erinnere mich daran, daß das eine schöne Zeit war – wenn ich auch nie auf ihrem Schoß sitzen, in ihrem Bett kuscheln, nicht einmal an ihrer Hand gehen durfte. Meine Mutter hatte sich, so schien es, jede Art von Zärtlichkeit aus irgendeinem Grund für immer verboten. Mein Vater hatte zwei Geliebte, eine junge schnippische Blonde und eine freundliche Verkäuferin, so alt wie er selbst, zu denen ging er regelmäßig und blieb oft auch über Nacht. »Ich bin bei Walter«, hieß es dann, oder: »Wartet nicht auf mich, ich übernachte bei Otto.« »Jaja«, sagte meine Mutter dann, »sag Walter, er soll weniger Parfüm auftragen, du stinkst entsetzlich, wenn du von dort kommst«, oder: »Vergiß nicht, für Otto die Seidenwäsche mitzunehmen, die ich in deinem Schrank gesehen habe.« Ich verstand das als Kind nicht und lachte, denn mein Vater hatte fünf Brüder, und die waren alle sehr komisch, da konnte ich mir jede ausgefallene Geschichte vorstellen. Onkel Otto arbeitete als Buchhalter, war der einzige, der immer feingemacht in Schlips und Anzug gehen mußte und wurde deshalb von seinen Brüdern »Herr Pinkel« genannt. Onkel Walter trank gern einen zuviel und hieß darum »Herr Pils«, Onkel Hermann war Jalousienbauer und war »Herr Schlitz«, Onkel Fritz arbeitete als Requisiteur im Theater, er hieß demnach »Herr Plunder«, und der jüngste, Onkel Theo, war als einziger fromm, lief viel in die Kirche und spendete dauernd für wohltätige Zwecke, das war natürlich »Herr Jesus«. Mein Vater hieß »Herr Lustig«, weil er immer gut aufgelegt war – außer bei uns zu Hause, aber wenn er mich mal mitnahm und ich mit ihm und seinen Brüdern und deren Frauen zusammensein durfte – am ersten Weihnachtstag, an Omas Geburtstag, an meinem Geburtstag –, waren das Feste, auf denen viel gelacht und viel getrunken wurde. Ich mochte »Herrn Plunder« am liebsten, er brachte mir oft kleine Federhüte oder perlenbestickte Handschuhe oder Holzschuhe aus dem Theaterfundus mit, an denen meine Mutter dann mißtrauisch schnüffelte und sagte: »Sonst noch was«, und weg damit in den Müll, wenn ich nicht höllisch aufpaßte.

Als wir im Auto saßen, fragte ich sie: »Lebt eigentlich noch einer von Papas Brüdern?«

»Herr Jesus«, sagte sie. »Herr Jesus lebt noch, ich weiß das von Tante Karla, die mich ab und zu mal anruft.« Mein Vater hatte noch zwei Schwestern, Tante Karla und Tante Paula. Tante Karla hatte ich zuletzt gesehen, als ich fünfzehn Jahre alt war – auf der Beerdigung meines Vaters. Sie weinte schrecklich um ihn und umarmte meine Mutter immer wieder, was zu meiner Verwunderung auch innig und herzlich erwidert wurde. Sie war damals eine große, schöne Frau, jetzt mußte sie über achtzig sein. Ihr Mann war im Krieg geblieben, und sie hatte nach dem Krieg zusammen mit Tante Paula, die einen Polizisten geheiratet hatte, ein Handarbeitsgeschäft eröffnet und lange Jahre geführt.

Ab und zu strickte meine Mutter mir etwas aus Wolle, die sie bei Tante Karla und Tante Paula kaufte – sie strickte schlecht, aber gern, doch als mein Vater tot war, hörte jeder Kontakt zu dieser Familie auf. Sie zog in die süddeutsche Kleinstadt, ich kam bis zum Abitur ins Internat und habe nie mehr einen von den Onkeln oder Tanten wiedergesehen. Das Briefeschreiben war in dieser Familie nicht in Mode, und so schliefen die Kontakte ein, aber ich dachte oft an Herrn Plunder, Herrn Pils und Herrn Pinkel.

»Irgendwie haben wir gar keine Familie mehr«, sagte ich. »Deine Schwestern sind tot, Cousine Margret ist eine Schreckschraube, dabei waren wir doch so eine große Familie, Papa hatte sieben Geschwister und du fünf – was ist nur aus allen geworden?«

»Vom Winde verweht«, sagte meine Mutter und setzte eine schräge Sonnenbrille auf. »Walter hatte

Krebs, Otto Herzinfarkt, Fritz ist unter die Straßenbahn gekommen, Hermann ist am Blinddarm gestorben, Paula hat sich totgesoffen. Nur Karla und ich sind noch da.« »Habt ihr noch Kontakt?« fragte ich, und sie sagte: »Selten.«

Wie es in Mutters Familie aussah, wußte ich etwas besser, hatte es näher miterlebt – bis auf ihren Bruder Willi waren alle gestorben, und mit diesem Bruder sprach sie nicht, weil er Nazi war, als wären sie nicht alle Nazis gewesen. Aber er hatte wohl besonders viel Dreck am Stecken und hatte damals seinen eigenen Vater wegen vaterlandsverräterischer Äußerungen angeschwärzt. Daraufhin war mein Großvater ins Lager gekommen und von dort krank heimgekehrt und bald gestorben. Als Onkel Willi aus Polen zurückkam, sprach außer seiner Frau Maria niemand mehr mit ihm.

»In meiner Familie gab es vier Leute, die nur ein Bein hatten«, verkündete meine Mutter plötzlich fröhlich, und ich hätte fast die Abzweigung Richtung Basel verpaßt. »Ist das eine genetische Geschichte«, fragte ich, »liegt das in der Familie, lauter Einbeinige? Da habe ich ja noch Glück gehabt.«

»Onkel Heinrich«, sagte sie, »hatte Zucker, dem mußte früh ein Bein abgenommen werden. Onkel Moritz hatte Knochenkrebs, da haben sie auch ein Bein abgenommen. Onkel Moritz war viel reicher als Onkel Heinrich, er hat ihm immer seine abgelegten guten Anzüge geschickt. Aber da war das linke Bein weggebunden, bei Onkel Heinrich das rechte, und er wollte keine Hosen tragen mit Knick, sie hatten immer Krach deswegen.« »Und die andern beiden?«

fragte ich. »Mein Großvater«, sagte sie, »er war Schuster im Westerwald, Bauer und Schuster, und einmal hat er sich aus gutem Leder selbst ein Paar Schuhe gemacht, aber als er damit zum erstenmal ausgehen wollte, waren sie zu klein. Er hatte so eine Wut, daß er sich mit der Axt die Zehen abgehauen hat. Sie mußten den Fuß amputieren.«

Ich zweifelte nicht mehr, woher der Jähzorn und die Ungeduld kamen, die auch zwischen meiner Mutter und mir ausbrachen, nachdem ich in die Pubertät gekommen war. Einmal hat sie mich mit einem Stocheisen für den Ofen blutig geschlagen, aber später wollte sie nichts mehr davon wissen. Ich zeigte die Striemen damals dem Pfarrer, der mich kurz zuvor konfirmiert hatte, und bald danach kam ich weg von ihr ins Internat. Fünf Jahre haben wir uns damals nicht gesehen, kein Lebenszeichen, nichts. Nur meine Tante Karla schickte mir ab und zu ein Päckchen mit Keksen und Bonbons und ein bißchen Geld.

»Und der vierte«, sagte sie, »das war Onkel Jupp, dem haben sie in Rußland ein Bein weggeschossen, er ist dann im Lager gestorben.«

Wir schwiegen und ich dachte plötzlich: Ich frag sie jetzt mal. Es ist so lange her, warum soll ich nicht wenigstens einmal die Sprache darauf bringen, vielleicht kann sie ja sagen ›es tut mir leid‹, und ich fragte meine Mutter:

»Warum hast du mich damals eigentlich so entsetzlich geschlagen?« Die Antwort kam sofort. »Ich habe dich nicht geschlagen.«

Ich schwieg, beschleunigte, die Autobahn war schnurgerade, fast leer, die Sonne schien. In der Ferne tauchte eine Brücke auf. »Mutter«, sagte ich, »ich fahre uns beide vor diesen Brückenpfeiler, wenn du jetzt nicht einmal, ein einziges Mal zugibst, daß du mich entsetzlich geschlagen hast, verdammt noch mal.« Sie schwieg, ich fuhr, die Brücke kam näher. Ich wechselte auf die linke Spur, hielt auf den Mittelpfeiler zu und war plötzlich ganz ruhig.

Na, und wenn schon, dachte ich. Vielleicht ist das mit Flora auch nur wieder so ein Irrtum, was soll das alles, dann ist es eben vorbei. Ich war ganz merkwürdig gefaßt, fühlte mich beinahe leicht, als würde mir eine Entscheidung nicht abverlangt, sondern abgenommen. Ich starrte nur noch auf den Brückenpfeiler, wartete auf das Krachen und dachte daran, daß sich mein Leben jetzt wohl – wie nennt man es? erfüllte und daß ausgerechnet ich zusammen mit meiner Mutter sterben und beerdigt werden würde, nebeneinander, ohne Liebe, in alle Ewigkeit, amen. »Wirf dies ererbte Graun von dir, ich bin nicht schauerlich, bin kein Gerippe ...« das dachte ich auch noch, fast fröhlich, und die Brücke kam näher. Meine Mutter faßte meinen Arm und rief: »Ja, aber was sollte ich denn machen, ich wurde einfach nicht mehr fertig mit dir. Du hast zu früh mit Jungens angefangen.«

Ich verlangsamte, lenkte zurück nach rechts, wir atmeten beide tief durch. »Du warst schwierig«, sagte sie, »und ich war unglücklich.«

»Und deshalb haust du auf ein kleines Mädchen ein, bis es blutet?« fragte ich und starrte geradeaus. »Ach Gott, blutet«, sagte sie, »und was heißt kleines Mädchen, es reichte immerhin schon, um an den

Ecken rumzustehen und zu küssen. Ich hab dich doch gesehen. Wie dein Vater.«

Ich dachte an die unschuldigen Kinderküsse, die ich mit Tanzstundenfreunden ausgetauscht hatte, so hungrig nach einer Liebe, die es zu Hause nicht gab. Und dafür schlug sie mich.

Nach einer langen Pause atmete meine Mutter tief ein und sagte leise: »Es hat mir sofort so leid getan.« Ich faßte nach ihrer Hand, und sie ließ es zu. Ich lenkte mit links, hielt mit rechts ihre Hand, ich konnte mich nicht erinnern, wann ich das je getan, wann sie das je zugelassen hatte, und wir fuhren schweigend weiter. Auf einmal sagte sie, wieder ganz vergnügt: »Das hier ist doch die Schweiz?« »Ja«, sagte ich, »soll ich lieber über die Dörfer fahren statt über die Autobahn? Am Vierwaldstätter See entlang? Dauert länger, ist aber sehr schön.« »O ja, bitte!« sagte sie. »Ich habe mir immer schon gewünscht, einmal zu sehen, wo Wilhelm Tell war.«

Ich lachte. »Hat es den denn wirklich gegeben?« fragte ich, und sie sagte entrüstet: »Was denkst du denn, mach deine Rechnung mit dem Himmel, Vogt, fort mußt du, deine Uhr ist abgelaufen! Ich lebte still und harmlos, das Geschoß war auf des Waldes Tiere nur gerichtet, zum Ungeheuren hast du mich gewöhnt, in gärend Drachengift hast du die Milch der frommen Denkart mir verwandelt, herrlich, oder? Und dann muß er ja auf dieses Kind schießen, und am Ende sagt er: Was ich mir gelobt in jenes Augenblickes Höllenqualen, ist eine heilge Schuld, ich will sie zahlen. Oder so ähnlich. Ja, wir müssen alle unser Päckchen tragen.«

»Woher kennst du bloß so viele Verse, Gedichte, halbe Stücke«, fragte ich, »ich behalte gar nichts auswendig, und du ...« »Alles Training«, sagte sie, »in den Bombennächten haben wir immer gelesen und auswendig gelernt, bei Kerzenlicht.« »Wir?« fragte ich, und sie sagte: »Karla und ich. Als unsre Männer im Krieg waren.«

»Aber daß du das heute alles noch im Kopf hast«, sagte ich, »das finde ich wirklich enorm.« »Ich bin ja viel allein«, antwortete meine Mutter, »und da rede ich mit mir selbst und sage mir das alles immer wieder auf.«

Ich fuhr durch kleine Dörfer, am See entlang, und sie las entzückt die Namen auf den Ortsschildern. Einmal, als eine kleine Dorfkirche auftauchte, rezitierte sie: »Aus den Tannenwipfeln ragte eines Türmleins spitzer Kegel, First und Giebel eines Klosters nach Sankt Benediktus Regel.«

Ich dachte darüber nach, wieviel Witz und Kraft in meiner Mutter steckten, und fragte mich, warum wir beide es nicht fertigbrachten, locker und fröhlich miteinander umzugehen. Ich hatte immer das Gefühl, sie mochte mich nicht, und das ließ mich ihr gegenüber störrisch, kühl, verhärtet sein. Und sie mochte mich wohl nicht, weil ich irgendwann meinem Vater zu ähnlich geworden war, und den hatte sie bei seiner Rückkehr aus dem Krieg einfach nicht mehr haben wollen – wie so viele Frauen dieser Generation, die in den Kriegsjahren selbständig und hart geworden waren. Und dann kamen die an Leib und Seele zerstörten Männer aus Rußland zurück und nahmen einen Platz ein, den es eigentlich für sie nicht mehr gab, und wollten wieder alles besser wissen – wo der Sicherungskasten hing, wie man die Kinder zu erziehen hatte und daß die Frauen an den Herd gehörten. Viele Familien waren damals zerbrochen. Wir Kinder hatten kaum eine Chance, zu diesen fremden mageren Männern, die da als unsere Väter aus irgendeinem Lager heimkehrten, eine Beziehung aufzubauen. Und ich erinnerte mich an einen entsetzlichen Streit zwischen meinen Eltern, der damit endete, daß meine Mutter meinen Vater kalt ansah und sagte: »Spiel dich nicht so auf, letztlich bist du nichts anderes als alle andern auch: ein Mörder.«

Mit diesem Satz muß sie eine Mauer eingerissen haben, die er zum Schutz um sich herum aufgebaut hatte. Damals fing er an zu trinken und legte sich die beiden Freundinnen zu, es war der Anfang vom Ende unserer Familie.

Ich schob eine Kassette mit Schuberts Musik in den Kassettenrekorder, und meine Mutter, wie ich aus Gedanken gerissen, sagte sofort:

»Musik, du himmlisches Gebilde, voll hehrer Kraft und süßer Milde, wir fühlen doppelt tief dein Walten, wenn uns ein Leid das Herz gespalten.« Und dann sah sie mich an, lachte und sagte: »Schön, mal so mit dir zu reisen.« Ich konnte mich nicht erinnern, wann sie je etwas so Nettes zu mir gesagt hatte.

Wir machten Rast in Küßnacht, aßen Bündnerfleisch mit frischem Brot und tranken ein Glas Wein dazu. Da saß sie mit mir am Tisch, klein, energisch, in ihrem blauen Kleid, die Wangen leicht gerötet, und ab und zu traf mich ihr kritischer Blick.

»Bist du glücklich?« fragte sie plötzlich, und ich sagte ohne nachzudenken: »Nein.«

Sie nickte. »Wie dein Vater«, sagte sie, »kein Talent. Die taten immer nur alle so, die ganze Familie. Da war keiner glücklich. Außer Tante Karla.«

»Warum gerade Tante Karla?« fragte ich, und meine Mutter sagte: »Die war stark. Die wußte, was sie wollte. Ohne Tante Karla hätte ich den Krieg nicht überlebt.« Sie nippte an ihrem Wein und warf mir einen Blick zu. »Du übrigens auch nicht«, sagte sie. Und dann fügte sie noch leise hinzu: »Ohne Tante Karla gäb es dich nicht einmal.«

Ich saß ganz still und spürte, daß dies ein besonderer Augenblick war, daß sich etwas öffnete, in ihr, zwischen uns, und sie merkte wohl, daß sie so einen Satz nicht einfach unkommentiert im Raum stehen lassen konnte. Sie knetete ein Brotkügelchen und sagte, ohne mich anzusehen: »Ich wollte kein Kind. Wer will schon ein Kind im Krieg! Karla hat damals abgetrieben, ohne jedes Problem. Und ich – bis zum fünften Monat hab ich alles versucht, Einläufe mit Seifenlauge, Karla hat mit einer Stricknadel gestochert, ich bin mit Ziegelsteinen im Arm vom Tisch gesprungen – nichts. Du gingst nicht weg, du wolltest leben.«

Ich hielt den Atem an, mein Herz klopfte wild, und ich hatte tausend Bilder im Kopf, eine Million Fragen, Tränen, ein Meer von Tränen in der Seele. Und eine Mischung aus Angst und Glück im ganzen Körper. Angst, zu leben, Glück, zu leben.

Sie sagte: »Wir waren sicher, du wärst behindert, nach diesen Prozeduren. Aber du warst ganz gesund.

Karla hat dich auf die Welt gezogen, in der Küche, während die Bomben fielen. Alle andern waren im Luftschutzkeller. Wir beide waren in der Küche, nur mit Kerzenlicht, die Fensterscheiben flogen raus, und plötzlich kamst du. Mein Gott, und du warst wirklich gesund. Wir haben vor Glück geheult, Karla und ich.«

Zum erstenmal begriff ich, was für ein Opfer es gewesen sein mußte, damals ein Kind zu bekommen, noch dazu von einem ganz offensichtlich ungeliebten Mann, der es in fünfzehn langen Ehejahren nicht geschafft hatte, ihr ein Kind zu machen, und ausgerechnet da, im Heimaturlaub während des Krieges, da mußte es passieren.

Fast hätte ich meine Mutter in den Arm genommen, so stark empfand ich ihr Glück darüber, daß ich damals ein gesundes Baby war, als eine Liebeserklärung, aber ich zögerte eine Sekunde zu lange, und die Kellnerin kam an unseren Tisch, um zu kassieren.

Als wir weiterfuhren, hätte ich ihr beinahe von Flora erzählt. Ich hätte so gern einfach darüber gesprochen, daß ich eine Frau liebte und ob das überhaupt möglich war nach einer so langen Ehe, nach zwei Söhnen, nach zahllosen Affären. Aber ich sagte natürlich nichts, denn das war nun wirklich ein Thema, das man mit meiner Mutter nicht besprechen konnte. Dachte ich.

Ich fuhr durch die Schweiz, und meine Mutter saß, stiller geworden, neben mir. Manchmal nickte sie ein wenig ein, aber immer wieder wurde sie wach, setzte sich gerade hin, schaute aus dem Fenster. »Wie schön, daß ich das alles mal sehe«, sagte sie. Und als wir in Chiasso auf die Autobahn nach Mailand fuhren, fragte sie mich plötzlich: »Hast du die Zitronenrolle gestern noch gegessen?« »Nein«, sagte ich wahrheitsgemäß, und sie nickte. »Dachte ich mir«, sagte sie. Das war alles, danach schlief sie wirklich ein und erwachte erst wieder, als ich durch Mailand kurvte, um ein Hotel zu suchen.

Ich buchte zwei Einzelzimmer für zwei Nächte, und sie fragte mich: »Wo wohnst du denn danach?« »Bei der Kollegin«, sagte ich und half ihr, sich in ihrem Zimmer zurechtzufinden. Am Abend gingen wir aus, ich mußte den Kellner beschwören, ihr ein Gericht ohne Knoblauch zu bringen, und sie war bald die Königin des Lokals, »la mamma!« und hielt alle mit Sonderwünschen auf Trab. Sie orderte unbeirrt auf deutsch, »bitte nicht diesen sogenannten ›Expresso‹, sondern einen richtigen Kaffee, und nicht zu stark, und mit Milch, aber keine Büchsenmilch!« und ich übersetzte, und sie wunderte sich, daß man sie nicht verstand, obwohl sie doch derart deutlich sprach. KAFFEE und MILCH und NICHT ZU STARK, mein Gott, das mußte man doch auf der ganzen Welt verstehen, oder etwa nicht? Diese Italiener erschienen ihr freundlich, aber ein bißchen begriffsstutzig.

Der Abend ging erstaunlich friedlich herum. Es war, als würden wir beide einen anderen Ton anschlagen, wenn wir nicht in den eigenen vier Wänden waren. Als ich sah, daß sie müde war, lieferte ich sie im Hotel ab und ging noch ein bißchen allein los, um in irgendeiner Bar ein paar Gläser Wein zu trinken und nachzudenken – über sie, über mich, über Flora, über das, was wir alle von unserem Leben erwarteten und was das Leben uns für Schnippchen schlug. Hatte man wirklich irgend etwas selbst in der Hand, oder kam alles einfach, wie es kommen mußte? Und ich ertappte mich dabei, nun auch in Versen zu denken, wie sonst sie es immer tat: »Kann grundlos so ein Gott des Lebens Teppich weben? Ist Qual ein Einfall wie ein buntes Muster und alles Händeringen nur ein Ornament?« und ich dachte: Sieh da, wir sind uns doch ähnlicher, als man meinen möchte. Gab es einen Sinn, ein geheimnisvolles Muster, oder war alles bloß Zufallsornament, ihre Härte, meine Unrast, ihr abruptes Schlußmachen mit aller Liebe und aller Zärtlichkeit und mein ewiger Hunger danach?

Ich betrank mich ein bißchen und wurde am nächsten Morgen wach von ihrem Klopfen an meiner Zimmertür.

»Ich geh frühstücken«, rief sie, »steh auf, es ist schönes Wetter. Ich warte unten.«

Als ich zum Frühstück kam, plauderte sie schon mit dem Kellner, obwohl sie kein Italienisch und er kein Deutsch sprach, aber es wurden Brote empört in die Luft gehalten, zu weiß! zu weich! und der Kellner brachte dunkleres Brot und wurde dafür gelobt. Sie hatte alles im Griff, so als wäre sie ihr Leben lang in der Weltgeschichte herumgereist. Welche Kraft steckte doch in ihr, eine Kraft, für die es in ihrem elenden kleinen Rentnerleben gar kein Ventil gab.

Wir bummelten an diesem schönen, warmen Tag durch Mailand, sie in hellgrauen Wildlederpumps mit halbhohen Absätzen, ich in flachen Gesundheitsschuhen. Heute weiß ich, wie ich sie allein für ihre

Schuhe geliebt und bewundert habe, aber sie mußte erst sterben, bis mir das bewußt wurde.

Wir gingen durch die Galleria am Dom, durch ein Kaufhaus, durch die Modestraße Via Monte Napoleone, in der die Boutiquen aller großen Modemacher sind – Marmorpaläste von Valentino, Gucci, Ungaro und Fendi mit riesigen Schaufenstern, in denen ein paar himbeerrote Schuhe für dreitausend Mark oder ein einziges, winziges, papageienbuntes Seidenblüschen für achttausend Mark lagen, und in Lire gingen diese Summen gleich in mehrstellige Millionen. Meine Mutter konnte nicht genug staunen, zeigte auf Preis und Ware und dann, als eine blasierte, wunderschöne Verkäuferin zu uns hinaussah, tippte sie sich an die Stirn und zeigte der Verkäuferin, die sich sofort abwandte, einen Vogel. »Millionen für ein Blüschen! Ihr seid ja verrückt!« rief sie.

In einem kleinen, eleganten Wäschegeschäft kaufte ich ein schönes, seidenes Nachthemd für meine Mutter. Ich mußte sie dazu überreden, aber sie freute sich doch, probierte es über ihren Kleidern an und lief damit im Laden auf und ab. »So teuer!« sagte sie, »mich sieht doch nie einer im Nachthemd, naja, vielleicht, wenn es mal ans Sterben geht.« Als es ans Sterben ging, mußte sie die hinten offenen Krankenhaushemden tragen, aber immerhin haben wir sie in diesem seidenen Nachthemd aus Mailand, das sie bis dahin nie getragen hatte, beerdigt. Oder sagen wir: Es ist mit ihr zusammen verbrannt worden.

Am Abend saßen wir in einem ruhigen, kleinen Lokal und aßen Polenta mit dünn geschnittenem Kalbsbraten in einer wunderbaren Sauce. »Heute bezahle ich«, sagte meine Mutter und bestellte noch ein Glas Wein für mich und ein Schnäpschen für sich. Sie ging mit dem Ober zur Theke und ließ sich alle Flaschen zeigen. Sie schimpfte mit ihm, weil es keinen Himbeergeist gab, und schließlich entschied sie sich für Calvados.

»Weg muß er, weg ist er«, sagte sie, als das Glas vor ihr stand, hob es hoch und kippte es fast auf einen Zug hinunter, nach Kumpelart aus dem Ruhrgebiet, wo sie aufgewachsen war. Ich mußte lachen, so hatte ich sie noch nie gesehen, und sie hatte auch schon einen leichten Schwips. Als ich vorsichtig bat: »Erzähl doch mal ein bißchen von früher«, fing sie tatsächlich an und sagte als erstes einen völlig idiotischen, unerwarteten Satz, über den wir fast zehn Minuten lachen mußten. Sie sagte: »Tante Luzie ist damals nach dem Krieg in den Osten gegangen und hat dann bei der VEB Genuß gearbeitet und Vitalade hergestellt.«

Ich fand das so übergangslos komisch, daß ich mich lange nicht beruhigen konnte, aber ich erinnerte mich an Pakete von Tante Luzie, die uns eine gräßlich fettige Schokoladenimitation schickte und im Gegenzug um Kaffee bat. »Warum ist sie in den Osten gegangen?« fragte ich. »Weil sie an den Sozialismus glaubte«, sagte meine Mutter. »Meine Familie, wir waren damals ja alle links, Arbeiter, Sozialisten, aber dein Vater und das ganze Gesocks, alles Nazis. Dummköpfe, Mitläufer, eingebildete Kerle, die sich in gutsitzenden Uniformen wichtig machen wollten.«

So deutlich hatte sie das noch nie ausgesprochen.

»Über Politik wurde doch zu Hause nie geredet«, sagte ich. »Eben drum«, antwortete sie, »sonst hätte es Mord und Totschlag gegeben. Außer den Schwestern deines Vaters waren sie alle Nazis, die ganze Familie. Tante Paula war zu blöd und Tante Karla zu klug dafür. In meiner Familie schlug nur Willi aus der Reihe. Der war auch zu blöd.«

Onkel Willi lebte noch. Er verließ so gut wie nie das Haus, und wenn, dann mit Hut und Brille vermummt. Er hatte immer Angst, jemand würde ihn auf der Straße erkennen – vielleicht der Jude, dem er, nach Familienerzählungen, in Polen den Finger abgeschnitten hatte, um an den Brillantring zu kommen, den Tante Maria heute noch trug.

»Hast du dich deshalb mit Papa so zerstritten?« fragte ich, und sie sagte: »Ich konnte nicht mehr atmen neben ihm, mir wurde schlecht, wenn er mich nur anfaßte.« Und dann trank sie den Rest ihres Calvados und fügte hinzu: »Und ich war im Krieg so glücklich. Wir waren sehr glücklich. Ohne Männer.«

Der Kellner kam und bot auf Kosten des Hauses noch etwas an, einen Kaffee? Einen Amaretto? Meine Mutter scheiterte beim Zahlen, weil er natürlich kein deutsches Geld nahm, obwohl sie ihm den Hunderter immer wieder energisch unter die Nase hielt und rief: »Aber er ist echt! Es ist gutes deutsches Geld! Wir sind doch in Europa!« Ich zahlte, und der Kellner versuchte meine Mutter zu trösten, indem er ihr die Tüte mit dem Seidennachthemd bis zur Tür trug. Die Italiener scheinen einfach »la mamma« in jeder Erscheinungsform zu lieben.

Im Hotel fand ich eine Nachricht von Flora. Wir

hatten schon ein paarmal telefoniert, natürlich wußte sie, daß meine Mutter mit mir in Mailand war, aber ich hatte ihr versichert, daß sie Donnerstag gegen achtzehn Uhr abfliegen würde. Freitagmorgen wollte Flora eigentlich kommen, doch die Nachricht lautete: »Komme schon Donnerstag fünfzehn Uhr. Will Deine Mamma noch sehen. F.«

Das gefiel mir überhaupt nicht: Ich wollte nicht, daß sie sich trafen. Ich wollte mit Flora allein sein. Ich wollte meine Mutter nicht so eng in mein Leben einbeziehen. Natürlich würden wir ihr nichts von unserer Liebe sagen, aber auch ohne das war mir so eine Begegnung einfach zu nah, zu viel, zu intim. Zu gefährlich. Ich erinnerte mich daran, wie meine Mutter immer mit meinen Freunden umgesprungen war, als ich noch zu Hause wohnte und zur Tanzstunde abgeholt wurde. »Warum ausgerechnet unsere Nina«, hatte sie Rüdiger gefragt, in den ich so verliebt war, »gibt es keine netteren Mädchen?«

Ich konnte die ganze Nacht nicht schlafen, war am nächsten Tag gereizt, und es gab es wieder die alten Kräche und Sticheleien zwischen uns. Die Zeit zog sich hin, und ab zwölf Uhr fing meine Mutter schon an mit: »Müssen wir nicht zum Flughafen fahren?« Wie alle alten Leute war sie immer stundenlang zu früh dran. Ich hatte ihr gesagt, daß wir meine Kollegin, die aus Amerika kam, abholen würden, wir könnten dann noch einen Kaffee zusammen trinken, und später würden Flora und ich sie dann ins Flugzeug setzen. Das war ihr recht, und sie fragte: »Spricht sie deutsch?« »Ja«, sagte ich, »sie ist aus Bruneck in Südtirol, da wachsen alle zweisprachig auf.«

Ich sah Flora sofort. Sie überragte die anderen, sie strahlte, sie leuchtete, und meine Mutter, klein und zappelig neben mir, sagte: »Das ist sie.« »Woher weißt du das«, fragte ich, »du kennst sie doch gar nicht.« »Das sehe ich«, sagte meine Mutter. »Sie strahlt. Sie strahlt für dich.«

Ich war zu aufgeregt und zu nervös, um über diese Bemerkung weiter nachzudenken. Sie fiel mir erst viel später wieder ein, und dann verstand ich, daß meine Mutter vom ersten Augenblick an begriffen hatte, was zwischen Flora und mir war. Sie hatte es begriffen, und es gefiel ihr.

Flora und ich umarmten uns, fest, stumm, versicherten uns mit einem Blick, daß zwischen uns alles in Ordnung war, und dann küßte Flora meine kleine stramme Mutter rechts und links auf die Wangen.

»Meine Mamma war auch so klein«, sagte sie. »War?« fragte meine Mutter. »Ja«, sagte Flora, »sie ist tot«, und meine Mutter sagte: »Ich mach's auch nicht mehr lange.«

Flora lachte. »Danach sehen Sie aber nicht aus«, sagte sie, hakte mich und meine Mutter unter und zog uns ins Flughafenrestaurant.

Wir saßen fast zwei Stunden zusammen. Flora erzählte von New York, meine Mutter sprudelte nur so von unseren Mailänder Erlebnissen, ich war eher still, sah Flora an und dachte: Wie schön sie ist! Ob sie mich wirklich liebt? Und, ja, sie liebte mich, ich sah es an ihren Blicken, ich fühlte es, wenn sie unter dem Tisch rasch meine Hand oder mein Bein drückte, und ich wußte es genau nach dieser ersten Nacht seit unserer Trennung.

Aber noch saßen wir hier, ich ungeduldig, wie auf Kohlen, Flora gelöst, meine Mutter völlig überdreht. Als wir sie endlich zu ihrem Abflugsteig brachten, gab sie uns beiden einen Klaps und sagte keck: »Macht's gut, ihr zwei!« und Flora sagte hinterher: »Die ist nicht blöd. Die merkt sofort, was los ist.« Ich lachte und sagte: »Ach was, auf so was kommt die nicht mal im Traum, diese Generation ist viel zu prüde.«

Als meine Mutter durch die Paßkontrolle verschwand, küßten wir uns schnell, und ich bin mir nicht ganz sicher, ob meine Mutter das noch gesehen hat, denn plötzlich drehte sie sich noch einmal um und rief: »Nina! Danke!«

Sie starb zwei Jahre später, nach einem Schlaganfall. Über Flora haben wir manchmal noch gesprochen, sie fragte immer wieder nach ihr, aber ich wich aus und hoffte, Cousine Margret würde nicht entdecken, daß Flora inzwischen schon beinahe bei mir wohnte. Ich war so glücklich mit Flora, aber ich hätte nie den Mut gehabt, meiner Mutter von dieser Liebe zu erzählen. Und doch vertrugen wir uns seit der Reise nach Mailand besser – trotz der alten, schnippischen Rituale zwischen uns waren wir uns nähergekommen. Nicht, daß wir uns umarmt oder größeres Vertrauen zueinander gehabt hätten, aber es war doch nicht mehr so gefährlich kalt wie früher, wenn wir zusammensaßen.

Als meine Mutter im Krankenhaus lag, gelähmt, fast immer bewußtlos, nahm ich Flora einmal mit zu ihr ans Bett. Sie tat, was ich nicht konnte: sie schnitt ihr die Fuß- und Fingernägel, sie kämmte sie, sie beugte sich über sie und küßte sie. Ich konnte nur dasitzen, über all die verpaßten Gelegenheiten weinen und die Hand meiner Mutter halten, die schlaff und weich in meiner Hand lag. Flora setzte sich zu mir, legte den Arm um mich, und auf einmal schlug meine Mutter ihre blauen Augen auf, sah uns an, als würde sie verstehen, daß ich endlich glücklich und zur Ruhe gekommen war, und sie griff nach Floras Hand und legte sie auf meine. Zufall? Bewußte Handlung? Sie starb wenige Tage danach, und wir zogen ihr das schöne Mailänder Nachthemd an.

Monate später, ich hatte ihre Wohnung aufgelöst, ihre Möbel verschenkt, ein paar Kleinigkeiten behalten, kramte ich in einem Karton, in dem sie alte Photos aufbewahrt hatte. Flora sah mir über die Schulter. Da war mein Vater in Uniform mit Hakenkreuz, da waren die einbeinigen Onkel, da war ich, auf dem Arm von Tante Paula, da war meine Mutter, Anfang der 40er Jahre, als junge hübsche Frau. Unten in dem Karton lag ein weißer Briefumschlag, auf dem stand: »Nur für Nina.« Er war mit Tesafilm und Klebeband so fest umwickelt und verschlossen, daß wir eine Schere brauchten, um ihn aufzuschneiden. Ich hatte Angst, was ich darin finden würde. Ich fühlte, daß ich ihrem größten, ihrem einzigen, ihrem wirklichen Geheimnis auf der Spur war.

Der Umschlag enthielt vier kleine schwarzweiße Photos mit gezackten Rändern. Auf allen vier Bildern waren Tante Karla und meine Mutter – meine Mutter in einem Blumenkleid, das ich unter ihren Sachen in Seidenpapier eingewickelt gefunden hatte. Ich hatte sie nie darin gesehen, aber es war, obwohl ein bißchen verschlissen und verblichen, so schön, daß ich es nicht übers Herz gebracht hatte, es in die Kleidersammlung zu geben wie ihren Nerz und die übrigen Sachen. Ich hatte es behalten, und hier auf diesen Photos begegnete ich dem Kleid plötzlich wieder. Auf zwei der Photos rauchte meine Mutter, ich hatte sie nie rauchen sehen. Und neben ihr, den Arm um sie gelegt, ebenfalls rauchend, Tante Karla in einem Männeranzug mit Oberhemd, gelockertem Kragen und Schlips. So standen sie nebeneinander, umarmten sich, sahen unbeschreiblich glücklich aus und lachten in die Kamera, mitten im Krieg, und die Photos hatte sicher Tante Paula gemacht. Im Hintergrund stand ein Kinderwagen, vielleicht lag ich darin und schlief. Es muß in der Kriegswohnung gewesen sein, in der Tante Karla und meine Mutter zusammen gewohnt hatten, ich erkannte ein Blumenbild an der Wand wieder, das später bei uns zu Hause gehangen hatte, und den schwarzen Elefanten aus Ebenholz mit den echten Elfenbeinzähnen auf dem Radio, der jetzt auf meinem Schreibtisch steht.

Das dritte Bild zeigte meine Mutter mädchenhaft klein in einem Sessel sitzend. Tante Karla saß auf der Lehne, hatte eine Hand auf ihrer Schulter, und sie sahen sich an. Und auf dem vierten Photo waren meine Mutter und meine Tante Karla in einen innigen Kuß versunken, mit geschlossenen Augen.

Ich drehte die Bilder um. Auf der Rückseite aller vier Photos stand derselbe Satz, mit sepiabrauner, verblichener Tinte in der zierlichen Schrift meiner Mutter geschrieben: »1940–1945, mit Karla. Meine schönsten Jahre.«

Silberhochzeit

Die Silberhochzeit von Ben und Alma begann als ein schöner Abend mit gutem Essen unter alten Freunden. Nein, begonnen hatte sie am Morgen beim Frühstück, mit fünfundzwanzig roten Rosen von Ben für Alma, die weiße Blumen über alles liebte, aber das gängige Klischee verlangte an einem solchen Datum wohl rote, und mit fünfundzwanzig Cohibas von Alma für Ben, der die Montecristo Nr. 1 vorzog, aber die wäre für diesen Anlaß nicht teuer genug gewesen. Es gab ein langes Frühstück mit den üblichen, an diesem Tag leicht aufpolierten Ritualen und mit freundlichen Gesprächen, unter denen eine gewisse Gereiztheit lag, weil Alma soviel vorbereiten mußte für den Abend, und ausgerechnet heute hatte Ben sich ab mittags im Historischen Institut freigenommen und war ihr mehr im Weg als eine Hilfe.

Acht Freunde waren eingeladen, und sie kannten sich alle seit vielen Jahren, saßen um Bens und Almas großen Kirschholztisch herum und erzählten und tranken und lachten und stritten sich bis in die Morgenstunden, und dann gab es zwei Trennungen und einen, der vielleicht bald sterben würde.

Aber von all dem wußte man um acht Uhr abends noch nichts, als Alma einen letzten Blick über den gedeckten Tisch wandern ließ. Sie fand, daß ihre Feste immer die schönsten waren, schon ehe es losging, weil ihre Wohnung die schönste war, weil niemand einen Tisch so decken und schmücken konnte wie sie und weil sie ein Händchen für die richtige Beleuchtung und die richtige Mischung von Lässigkeit und Eleganz hatte. Alma war zufrieden und lächelte Ben an, der gerade ins Zimmer kam und den Arm um sie legte.

»Das hast du wieder fabelhaft hingekriegt«, sagte er und küßte sie. »Keine kann das so wie du mit dem Licht und den Blumen.«

Ja, das hatte sie auch gerade gedacht, und es ermüdete sie etwas, daß man nach fünfundzwanzig gemeinsamen Jahren anscheinend wirklich so vertraut miteinander war, daß man immer dasselbe dachte und sagte – als bestünde ein Paar nicht doch auch noch aus zwei Personen, zwei sehr verschiedenen Personen. Aber vielleicht waren das auch einfach nur fest einstudierte Sätze, die als Kitt etwas, das schon bröckelte, zusammenhielten. Jedenfalls war jetzt keine Zeit mehr, um darüber nachzudenken, denn es klingelte, und als erster kam, wie erwartet, Jonathan.

Jonathan war dick geworden in den letzten Jahren, ein schwerer Mann, heftig atmend, immer ganz in Schwarz. Man sah ihm den vielen Alkohol an, den er in sich hineinschüttete. Er war Trinker, wie es seine Eltern und seine Schwester gewesen waren, alle drei schon am Alkohol gestorben, und Ben schenkte Jonathan sofort einen kleinen Cognac ein, weil er sah, daß seine Hände zitterten. Jonathan überspielte es mit der Kälte.

»Wird abends schon lausig kalt«, sagte er und rieb seine Hände aneinander. »Stellt euch vor, dreimal bin ich heute Taxi gefahren, das dritte Mal gerade zu euch, und jedesmal, wenn mir diese Idioten von Taxifahrern eine Quittung schreiben, sagen sie heute dasselbe: Oh, 24. November, in vier Wochen ist Weihnachten! Wahnsinnig originell, was?« Und er kippte den Cognac auf einen Zug hinunter.

Ben lachte. »Als ich heute morgen vom Institut zurückfuhr und eine Quittung brauchte, da war *ich* der Trottel, der dachte: ach, in vier Wochen ist ja schon wieder Weihnachten, und weißt du, was der Taxifahrer sagte? In sechs Monaten gibt's schon wieder Spargel!«

Sie gingen lachend ins große Zimmer mit den vielen kleinen, gedämpften Lampen und den vielen funkelnden Gläsern, Kerzen, den weißen Blumen, dem hinreißend gedeckten Tisch. Die fünfundzwanzig roten Rosen hatte Alma in ihr Lesezimmer gestellt, die waren ihr hier einfach zu protzig und zu kitschig vorgekommen. Man sollte den Idioten aufhängen, dachte sie, der den Männern so bleibend eingeredet hat, daß Frauen langstielige rote Rosen lieben. Es sind so ziemlich die abscheulichsten Blumen, die es gibt, und unser ganzes Liebesleben lang werden wir regelrecht zugeschissen damit.

»Wow«, sagte Jonathan, »das ist deine Handschrift, Alma, das kann keiner so wie du.« Und Alma küßte ihn und dachte: wenn das noch einer sagt heute abend, dreh ich durch, und sie wunderte sich darüber, daß sie so gereizt war. Sie hatte sich so sehr auf dieses Fest, auf diesen Abend, auf ihre ältesten und besten Freunde gefreut. Naja, es waren nicht alles ihre Freunde – Leo und Heinz brachten Frauen mit, mit denen Alma nichts anfangen konnte, aber wie sollte man Heinz einladen und Vivien nicht? Hätte man zu Heinz sagen können: laß deine dämliche Vivien bloß zu Hause? Das war eben so, wenn man fast nur Paare kannte – man mochte oft nur einen und war doch gezwungen, immer beide einzuladen, Christian, den alten treuen Gefährten und eben seinen entsetzlichen Freund Gabor, weil sie nun einmal ein Paar waren. Alma überlegte, ob es den anderen mit ihnen wohl auch so ging. Natürlich, warum sollte da etwas anders sein. Wen luden sie wohl lieber ein, den ruhigen, etwas langweiligen Ben oder sie, Alma, meistens ziemlich unterhaltend, aber auch oft sehr spitz und verletzend, ehrlich bis zur Peinlichkeit? Sie tippte auf Ben als Sympathieträger.

Kein Paar war so lange zusammen wie sie – heute waren es genau fünfundzwanzig Jahre. Christian hatte lange gebraucht, bis er in Gabor einen festen Partner gefunden hatte, und irgendwie nahm Alma schwule Partnerschaften nicht so ganz ernst. Leo und Gudrun hatten zwar ein Kind zusammen, lebten aber in verschiedenen Wohnungen, es kriselte und krachte dauernd, und während Gudrun abends bei ihren diversen Gurus »Ommm!« machte und sich in Yoga, Meditation und Gelassenheit übte, hatte Leo ein Verhältnis mit der Sängerin einer Punkband, was aber nur Alma wußte, und sie konnte Geheimnisse für sich behalten und freute sich darüber, daß die langweilige Gudrun mit ihrer breiten Stirn, ihren Walle-kleidern, ihrer Waldorfschule, daß Gudrun, die immer an das Gute glaubte und für das Gute war und das Gute tat, Gudrun, die Leo derart schnell ein Kind untergeschoben hatte, daß Gudrun betrogen wurde. Heinz und Vivien waren als Paar nicht ernst zu nehmen. Vivien war seine zweite Frau. Mit Karin, der ersten, hatte Alma sich gut verstanden, aber die Männer über fünfzig tauschten ja gern Altes gegen Neues, nur um dann festzustellen, wieviel Einsamkeit sie sich damit eingehandelt hatten. Und wir Frauen, dachte Alma, was tun wir, wenn wir uns langweilen? Wir beißen die Zähne zusammen und halten durch.

Heinz war ein ebenso erfolgreicher wie reicher Versicherungsagent. Vor vielen Jahren, als Ben und Alma von Bens Mutter die kostbaren Biedermeiermöbel, ein paar wertvolle Gemälde und altes Porzellan erbten, hatten sie sich entschlossen, nun doch eine Hausratversicherung abzuschließen, und hatten einen Termin mit einem Mann von der Versicherung gemacht, der den Wert schätzen sollte. Als es an der Tür geklingelt hatte, war Alma noch nicht fertig angezogen und hatte gerufen: »Ben, drück auf, das wird der Versicherungsfuzzi sein.« Ben hatte die Wohnungstür geöffnet, und da stand Heinz schon davor, die Haustür mußte offen gewesen sein, und er sah grundseriös aus, Anzug, Schlips, Aktentasche, Kaschmirmantel, aber er grinste gewinnend und sagte: »Ich bin der Versicherungsfuzzi.«

Sie hatten sofort Freundschaft geschlossen, und diese Freundschaft hatte all die Jahre gehalten und würde auch diese dumme, magere Vivien mit ihrer Nana-Mouskouri-Brille überdauern.

Und dann kam noch Anita, Almas älteste Freundin, die immer allein gelebt hatte. Männer ohne Zahl waren durch ihr Leben, ihr Bett, ihr Bad, ihre Küche gegangen, keiner war geblieben, weil sie auch nie gewollt hatte, daß einer blieb, aber jetzt, mit über fünfzig, wurde die Sache langsam ein bißchen gefährlicher und ein einsames Alter kündigte sich an, das wußte Anita und flüchtete sich in immer längere und immer weitere Reisen, auf denen sie das Vermögen ihrer Mutter verpraßte und möglichst vermied, in überall bösartig herumhängende Spiegel zu schauen und festzustellen, daß Jugend durchaus etwas ist, das sich verflüchtigt.

Alma ging in die Küche und stellte die Kartoffel-Möhren-Sahne-Suppe auf kleine Flamme. Bald würden alle dasein, und sie war nicht die Art Gastgeberin, die dann noch herumhuschte, hier noch etwas holte und da noch etwas vergessen hatte. Sie saß mit ihren Gästen am Tisch und redete, und wenn etwas geholt werden mußte, konnte Ben das machen.

Ben und Jonathan hatten sich in die Sessel gesetzt und sich eine Cohiba angezündet. »Seid ihr verrückt, jetzt vor dem Essen?« protestierte Alma, aber sie waren viel zu sehr in ihr Ritual des Zigarreabschneidens, Anzündens, des ersten Zuges versunken, um überhaupt auf sie zu hören.

Jonathan war außer Anita der einzige von ihren Freunden, der manchmal unangemeldet auf ein paar Gläser, eine Zigarre, ein Gespräch vorbeikam. Ihn selbst besuchte fast niemand. Jonathan lebte allein, in einer entsetzlich unordentlichen Wohnung, in der sich Flaschen, alte Zeitungen und Bücher stapelten, man hätte nicht einmal gewußt, wo man sich hinsetzen sollte. Alma besuchte ihn gelegentlich, brachte ihm an Heiligabend eine Flasche Champagner, am Geburtstag einen Kuchen, im Frühling ein paar Blumen, aber sie ging immer rasch wieder, weil sie das Gefühl hatte, in der Wohnung zu ersticken. Man wunderte sich, wie Jonathan es fertigbrachte, in dieser grenzenlosen Unordnung und in diesem ständigen Nebel von Alkohol doch alle drei, vier Jahre wieder ein gescheites Buch zu schreiben, das sich noch dazu gut verkaufte. Alma arbeitete in einer Buchhandlung, sie wußte, daß Jonathan seinen festen Leserstamm hatte, und die Kritiker liebten ihn und bedachten jedes seiner Bücher mit langen, ernsthaften Rezensionen in den Feuilletons der wichtigsten Zeitungen.

Während Alma in der Küche die Kartoffel-Möhren-Sahne-Suppe umrührte und das Brot im Backofen röstete, hörte sie, wie sich Ben und Jonathan über Hebbel und Stifter unterhielten. Ben las gerade Stifters ›Nachsommer‹ und gestand: »Ich finde es sterbenslangweilig. Alle sagen immer, man muß den ›Grünen Heinrich‹ lesen, man muß ›Der Mann ohne Eigenschaften‹ lesen, man muß ›Nachsommer‹ lesen – ich quäle mich derart da durch, daß ich schon denke, ich bin verrückt. Oder zu blöd.«

»Ach was«, sagte Jonathan abschätzig, »Hebbel hat damals über Stifters ›Nachsommer‹ gesagt: ich biete demjenigen, dem es gelingt, dieses Buch fertig zu lesen, die polnische Königskrone.« »Und«, fragte Ben, »wer ist polnischer König geworden?«

»Den Posten gab's da schon nicht mehr«, grinste Jonathan, »Hebbel riskierte nichts. Aber er hat recht. Lies von Stifter ›Brigitta‹, das ist wunderbar.«

Alma hatte sich wieder zu ihnen gesetzt und nahm ihnen die Cognacflasche weg.

»Schüttet euch doch nicht jetzt schon zu«, sagte sie, als es klingelte. Sie ging, um die Tür zu öffnen, und sah sehr wohl noch, daß sich Ben und Jonathan sofort, als sie sich umdrehte, noch einen Cognac eingossen, als wäre sie Luft, als wäre es völlig egal, was sie sagte, und eine leise Wut kochte in ihr hoch.

Sie begrüßte Leo und Gudrun etwas zu laut, sie küßte Christian und Gabor, die in ihrem Schlepptau kamen, etwas zu überschwenglich, aber dann hatte sie sich wieder gefangen.

Gudrun, wie immer in bunten Wallekleidern, roch wie ein billiges Räucherstäbchen nach irgend etwas wie Opium oder Moschus, jedenfalls sehr orientalisch, und Alma dachte: Wenn sie mir nur nicht das ganze Essen verdirbt. Aber Christian und Gabor waren auch derart stark parfümiert, daß es sowieso schon egal war. Warum mußten sich die Schwulen immer mit solchen Duftwolken umgeben? Alma wandte sich ab, um nicht niesen zu müssen, während alle ihre Mäntel aufhängten. Sie mochte Christian, sie ertrug Gabor, sie hatte nichts gegen Schwule, und in den letzten Jahren waren ihre erotischen Phantasien ohnehin mehr auf Frauen als auf Männer gerichtet, es lag also nicht daran, daß sie für gleichgeschlechtliche Beziehungen zu prüde, zu konservativ, zu intolerant gewesen wäre. Aber sie fragte sich in letzter Zeit immer häufiger, woher ihr Widerwille gegen diese ewig gleich aussehenden schwulen Paare kam. Alle, aber ausnahmslos alle trugen ab einem gewissen Alter diese kleinen grauen Oberlippenbärtchen, selten sah man sie in lässigen Anzügen oder weiten Mänteln, statt dessen klemmten sie ihre fünfzigjährigen Bäuche in superenge Jeans und trugen dazu diese Pest der Mode, hüftkurze Blousonjacken aus Leder. War das nötig? Soviel schlechter Geschmack kränkte sie, sie ertrug nichts Häßliches mehr, so wie Anita keine Lügen mehr ertrug und in ihrer Küche ein großes Schild aufgehängt hatte, auf dem stand: »Passen Sie auf, was Sie sagen. Dieses Haus verträgt nur noch die Wahrheit.« Das war ein Satz, den Michelle Pfeiffer in einem Film zu Sean Connery gesagt hatte, und Anita sagte: »Genauso ist es. Man verträgt irgendwann nur noch die Wahrheit, alles andere verursacht Schmerzen in der Seele, was immer das ist.«

Christian und Gabor trugen kurze Lederblousons, und Gabor hatte sogar ein Herrentäschchen am Handgelenk, das immerhin hatte Alma ihrem alten Freund Christian inzwischen abgewöhnen können.

»Kommt rein«, sagte sie, »ehe Ben und Jonathan sich zusaufen.«

Leo nahm Alma in den Arm, drückte sie fest und herzlich an sich und sagte: »Glückwunsch, meine Liebe, fünfundzwanzig Jahre, das hat keiner von uns geschafft, das wird auch keiner schaffen.«

Alma erwiderte seine Umarmung und sagte leise: »Das muß auch keiner schaffen. Es ist kein Wettbewerb, und es ist nicht nur das pure Glück, weißt du«, und Leo sagte: »Hey, Glück, was soll das sein?« und sang eine Zeile aus einem Song von Leonard Cohen:

»There's a crack, a crack in everything, that's how the light gets in«, und er steckte ihr einen Joint zu. »Für dich«, sagte er, »allein rauchen, wenn dir mal danach ist.«

Alma legte den Joint in die Schublade des Garderobenschränkchens und schob alle ins Zimmer. Während sie sich begrüßten, trudelten Heinz und Vivien ein, Vivien in einem abstoßend protzigen Pelz. Heinz schenkte eine kostbare Kiste Rotwein aus seinen Beständen, er war ein großer Weinkenner, und Vivien küßte Alma auf die Wangen und schnatterte: »Als ihr geheiratet habt, da war ich erst zwölf Jahre alt, kann man sich so was vorstellen?« und sie nahm ihre von der plötzlichen Wärme beschlagene Nana-Mouskouri-Brille ab und putzte sie.

Als endlich alle um den Tisch saßen, kam auch Anita, wie immer zu spät, wie immer hochelegant, wie immer beladen mit Geschenken, diesmal mit einem riesigen Blumenstrauß, drei Flaschen Champagner, zwei silbernen Kerzenleuchtern für das Silberpaar. Sie weinte, umarmte Ben und Alma und rief: »Fünfundzwanzig Jahre, ich kann es gar nicht fassen.«

»Dann fass es doch nicht«, knurrte Jonathan, »es zählen eh immer nur die ersten zwei, drei Jahre, da ist noch Leidenschaft, da wird das Fundament gelegt. Was danach kommt, ist eine Mischung aus Zufall, Ehrgeiz, Routine und Ausdauer.«

»Du mußt reden«, rief Anita, die auch mit Jonathan vor Jahren mal eine Affäre gehabt hatte, »du hast es doch nie auf mehr als zwei, drei Jahre gebracht.«

»Wenigstens habt ihr euch nicht auseinandergelebt, wie so viele«, sagte Heinz versöhnlich, und Jonathan antwortete sofort: »Auseinanderleben ist manchmal sehr viel gescheiter als immer und ewig zusammenleben. Symbiose ist das Opfer der eigenen Persönlichkeit im Namen der Liebe.«

»Willst du sagen, wir sind zwei unglückliche Deppen«, fragte Ben, und Jonathan schüttelte den Kopf.

»Nein«, sagte er, »aber ihr steht zu nahe beieinander, wie zwei alte Bäume. Zwischen euch kann nichts mehr wachsen.«

Für einen Augenblick herrschte Stille, und Alma staunte wieder einmal darüber, wie scharf Jonathan, der doch immer in einem Alkoholnebel schwamm, alles sah und begriff. Es war so, als ob ihm vor lauter schmerzhaftem Alleinsein nichts entginge, wenn er unter Menschen kam. Dann ließ Anita die Champagnerkorken knallen, und Alma holte die Suppe aus der Küche.

Als die Suppe auf die Teller verteilt war und Gudrun ihr obligatorisches: »Ist auch wirklich kein Fleisch drin? Ihr wißt, ich bin Vegetarierin!« losgeworden war, stießen alle mit Champagner an.

»Auf die nächsten fünfundzwanzig!« sagte der gute Heinz, und Anita brach in Tränen aus und rief: »Dann bin ich siebenundsiebzig!«

»Du sollst ja auch nicht fünfundzwanzig Jahre mit Ben leben, Alma soll«, sagte Heinz und gab Alma einen Kuß, und Alma dachte: noch mal fünfundzwanzig, nein, das kann ich nicht, und Ben und sie sahen sich an wie zwei Fremde. Wenn man sich zu gut kennt, wenn zuviel Nähe da ist, bleibt nichts, was man noch entdecken könnte. Jonathan hatte recht: Da wuchs nichts mehr, und eine leise Panik breitete sich wie ein Zittern in Alma aus, Panik darüber, was sie aus ihrem so gemütlich und nett eingerichteten, ihrem angeblich doch so glücklichen Leben noch machen könnte, ehe sie sich selbst ganz und gar verlor.

Ihre Kartoffel-Möhren-Sahne-Suppe war ein Erfolg, und das Filet in Blätterteig schmorte derweil schon im Ofen, für Gudrun gab es eine Artischocke mit Sauce hollandaise. Vivien erzählte von ihrer neuen Putzfrau, die Angst hatte, in dem Zimmer zu putzen, wo Heinz seine afrikanischen Masken aufbewahrte. Sie kam von den Philippinen und fürchtete irgendeinen Voodoo-Zauber. »So dämlich ist die«, sagte Vivien, und Heinz antwortete gereizt: »Laß doch endlich mal deine Vorurteile weg. Das ist nicht dämlich, das ist eine tiefe Verbundenheit mit ihrer Kultur, mit ihrer Religion, mit alten Ängsten.« Vivien bekam hektische rote Flecken im Gesicht, und Heinz erzählte, wie er das Putzfrauenproblem gelöst hatte. »Ich hab eine billige Maske in einem Andenkenladen gekauft«, sagte er, »ganz ähnlich wie die echten, und die habe ich dann mit ihr zusammen im Garten verbrannt. Wir haben ein bißchen Hokuspokus veranstaltet, und jetzt ist das Böse ausgetrieben und sie kann mein Arbeitszimmer putzen.« Alle klatschten Beifall, Heinz nahm einen Schluck und drehte sich böse zu Vivien: »So macht man das«, sagte er, und Vivien antwortete schnippisch: »Es wär einfacher gewesen, sie zu entlassen.«

Anita hatte eine Putzfrau, die einen alten zweigeteilten venezianischen Spiegel nicht putzen wollte, weil zerbrochene Spiegel Unglück bedeuten und man sie nicht berühren darf.

»Ich habe ihr lang und breit erklärt, was Glasbläserkunst ist, und daß man im Empire noch nicht die Möglichkeiten hatte, so große durchgehende Spiegel herzustellen, aber es war nichts zu machen, ›Spiegel kaputt, bringt böse‹, sagte sie. Stellt euch vor, ich mußte den schönen Spiegel abhängen.« Sie fragte Alma: »By the way, willst du ihn? Hierher würde er gut passen, und ich schau sowieso nicht mehr gern in Spiegel.«

»Nein«, sagte Alma, »guck dich doch mal um, alles voller Spiegel, weil die Kerzen davor so schön aussehen. Ich will keinen mehr.«

»Ich würde ihn nehmen«, ließ Vivien sich hören, und Heinz sagte scharf: »Dich hat aber keiner gefragt, Vivien.«

»Meine Putzfrau«, sagte Alma schnell, »heißt Elfi, und ihre Mutter war lange im Zirkus, als Assistentin bei einem Zauberer, sie gab jeden Abend die zersägte Jungfrau.«

Alle lachten, und Leo fragte: »Wirkt sich das irgendwie auf ihre Arbeit aus, zersägt sie alles?« »Nein«, sagte Alma, »aber sie macht mich ganz verückt, weil sie ununterbrochen redet, sie spricht mit den Dingen, sie kommentiert alles, was sie tut. Zu den Kacheln sagt sie: Nein, was seid ihr dreckig, na wartet, jetzt kommt Elfi mit dem Scheuerschwamm, und zum Putzeimer sagt sie: Wasser schon wieder schwarz? Na, dann wird Elfi mal neues holen.«

»Bei uns putzt Gabor«, sagte Christian, »und wenn Gabor was kann, dann putzen.«

Daran zweifelte Alma nicht und überlegte sich, ob Gabor sonst noch was konnte. Er arbeitete als Kellner in einem ungarischen Restaurant, er war selbst Ungar, und Alma mochte ihn nicht und fürchtete, daß er Christian ausnutzte. Sein ungarischer Dialekt war allerdings liebenswert, sie hörte ihn gern reden und fragte: »Gibt's neue Kneipengeschichten, Gabor?« denn er erlebte die wunderlichsten Dinge in seiner Wirtschaft.

»Ja«, sagte Gabor, der an diesem Abend seltsam gedrückt und still wirkte, »gibt Taubstummengeschichte. Soll Christian erzählen.« Christian nahm Gabors Hand, eine Geste, die für einen Augenblick alle irritierte, und dann erzählte er, daß neulich so ein taubstummes Mädchen von Tisch zu Tisch gegangen sei, kleine Zettel mit dem Taubstummenalphabet verteilte und dann zurückkam, um Geld dafür zu erbetteln. Eine Mutter, die mit zwei quengelnden Kindern im Lokal saß, hatte zwei solcher Zettelchen gekauft und zu den Kindern gesagt: so, das lernt ihr jetzt bitte, und dann unterhaltet ihr euch in der Taubstummensprache, das ist sehr lustig und die Mama hat endlich Ruhe.

Alle lachten, und Heinz sagte: »Ich hab so einem Taubstummen mal extra zwanzig Mark gegeben, weil ich einfach hören wollte, wie er überwältigt ›Oh! Danke schön!‹ sagt, aber er hat durchgehalten und nur genickt.«

Gudrun protestierte: »Macht euch doch nicht über die Gebrechen anderer lustig«, und Vivien putzte ihre Nana-Mouskouri-Brille und sagte nölig: »Aber das tun wir doch gar nicht, und außerdem machen sich andere über uns ja auch lustig. Meint ihr, ich wüßte nicht, daß ihr alle über meine Brille lacht?«

Niemand hatte Lust, dazu etwas zu sagen, aber Alma reizte es, Vivien noch ein bißchen zu ärgern, und sie sagte zu Heinz: »Weißt du noch, Heinz, an deinem ersten Hochzeitstag damals mit Karin, da betraten die Amerikaner gerade den Mond.«

»Das habe ich ihnen immer übelgenommen«, rief Jonathan, und Leo erzählte, daß ihm damals ein Black Panther in New York gesagt hatte: wirklich beeindruckt wäre er nur gewesen, wenn die ersten weißen Männer auf dem Mond spektakulär Selbstmord begangen hätten.

Alma sammelte mit Anita die Teller ein, und sie holten das Filet in Blätterteig und die Artischocke aus der Küche.

»Ich kann diese Vivien nicht ausstehen«, sagte Anita, »sie erinnert mich an Röschen Malettke. Erinnerst du dich noch an Röschen Malettke?«

Alma nickte und schnitt das Filet vorsichtig in schmale Scheiben. Röschen Malettke war die erste Inhaberin des Buchladens gewesen, in dem Alma damals schon und jetzt immer noch arbeitete, und sie hatte Alma das Leben ziemlich schwer gemacht. »Auch diese Brille«, sagte Alma, »auch Paradentose und diese langen Zähne, auch immer in kackbraunen Klamotten, wie kann ein Mensch die Farbe braun an sich ranlassen, das erklär mir mal, und auch immer dieses prüde Naserümpfen. Wie hält ein so simpel gestrickter, netter Mensch wie Heinz das aus?«

»Röschen Malettke ist tot, Friede ihrer braunen Asche«, sagte Anita, »und Vivien, ach Gott, die bleibt uns nicht mehr lange, Heinz schielt schon in der Gegend rum, soviel ich weiß.«

»Hattest du eigentlich mal was mit Heinz?« fragte Alma, und Anita nickte. »Aber nur ganz kurz«, sagte sie, »vor Vivien, und ich hab jetzt schon vergessen, wie es war.« Und sie fragte Alma: »Betrügst du Ben eigentlich nie?«

Alma setzte sich für einen Augenblick auf einen Küchenstuhl. »Nein«, sagte sie nachdenklich, »tu ich nicht, aber nicht aus Liebe oder Treue. Aus Mangel an Gelegenheit, nehme ich an. Und es ist so anstrengend, findest du nicht?«

»Das ganze Leben ist anstrengend,« sagte Anita und nahm die Schüssel mit der Artischocke für Gudrun. »Ich weiß nicht, was anstrengender ist: wenn was passiert oder wenn nichts passiert.« Gemeinsam kehrten sie an den Tisch zurück und verteilten das Essen.

Heinz hatte inzwischen einen seiner besonderen Rotweine eingeschenkt, hielt ein Glas hoch und dozierte, dies sei nun ein Wein auf dem Höhepunkt seiner Reife, untermauert von einer Tanninstruktur und mit dem mürben Charme des Alters, im Abgang aber durchaus sanft gerundet. Jonathan starrte ihn angewidert an, kippte den Wein in einem Zug hinunter und sagte dann provozierend zu Leo: »Apropos mürber Charme, Leo, weißt du noch, wie wir mal Hundescheiße gegessen haben?«

Leo hob beschwörend die Hände. »Hör bloß auf!« rief er und sah nervös zu Gudrun, die die Augen schon aufriß und das Glas sofort absetzte.

»Was habt ihr?« fragte sie fassungslos, und obwohl

Leo abwinkte, erzählte Jonathan fröhlich weiter, laut und unbekümmert, wie es seine Art war.

»Ist Jahre her, nach einem entsetzlichen Saufabend, da haben wir gewettet, Leo und ich. Ich hab gesagt: wetten, du frißt keine Hundescheiße! Und Leo hat gesagt: um was wetten wir? Ich hab gesagt: wenn du Hundescheiße frißt, freß ich auch welche. Ich hab doch nie daran gedacht, daß der das macht. Und was soll ich euch sagen, auf dem Heimweg bückt er sich und – «

Vivien rannte raus und hielt die Hand vor den Mund. Alma rief: »Jonathan, was erzählst du für unappetitliches Zeug, beim Essen!« Aber Jonathan war nicht zu bremsen. Gudrun standen die Tränen in den Augen. Sie faßte Leos Arm.

»Das hast du gemacht«, fragte sie, »das hast du wirklich gemacht?«

»Nur ganz wenig«, sagte Leo ausweichend, und sie heulte: »Und ich hab dich geküßt!« schluchzte sie, »wie eklig!« und sie trank das ganze Glas Wein in einem Zug leer, als müßte sie etwas hinunterspülen. »Nicht mit diesem Wein!« rief Heinz flehend, »den muß man in kleinen Schlucken genießen!«

»Er hat's getan«, sagte Jonathan zufrieden, »und dann hab ich's auch getan, und wißt ihr, was dann war? Dann wurde uns granatenschlecht und elend, und dann haben wir uns angesehen und gesagt: Und was haben wir jetzt davon? Jetzt haben wir beide Hundescheiße gefressen.« Er lachte und lachte, und Leo sagte wie zur Entschuldigung: »Wir haben dann noch eine ganze Flasche Schnaps nachgeschüttet, die ich bezahlen mußte.« Und dann schrie er die wimmernde Gudrun an: »Verdammt noch mal, dich kannte ich doch damals noch gar nicht.«

»Ich habe ein Kind von einem Mann, der Hundescheiße gegessen hat«, schluchzte Gudrun, »wie soll ich dem Kind das je beibringen!« »Gar nicht«, sagte Leo, »gar nicht, Gudrun. So einfach ist das.« Und zu Jonathan sagte er: »Du blödes Arschloch, war das jetzt nötig?«

Alma wollte rausgehen, um nach Vivien zu sehen, aber Anita hielt sie am Arm fest.

»Laß sie doch kotzen«, sagte sie, »die ist doch bulimisch, die kotzt doch sowieso dauernd, die ist das gewöhnt.«

Ben versuchte, etwas zu retten, und sagte: »Ich habe gerade gelesen, daß primitive Völker ihre Alten aufgefressen haben, um den Fortschritt zu sichern.«

»Was hat das denn jetzt mit Hundescheiße zu tun?« fragte Gudrun, und Ben sagte unsicher: »Was meinst du, was ist schlimmer, Hundescheiße essen oder einen alten Mann?«

Jonathan war der einzige, der noch lachte.

»Blendende Idee«, sagte er, »alte Männer sollte man einfach aufessen. Und was tun wir statt dessen? Wir setzen sie ins Parlament, in die Akademien und in das Nobelpreiskomitee. Die hatten recht, früher, die waren alles andere als primitiv.«

»Aber Hundescheiße fressen ist primitiv«, sagte Gudrun angewidert und fauchte Leo an: »Dich kann ich jetzt nie mehr küssen, ohne daran zu denken.«

Alma fing Leos Grinsen auf und war sich nicht sicher, ob ihm das wirklich etwas ausmachte. »Also, appetitlich finde ich solche Geschichten beim Essen eigentlich auch nicht«, brummte Heinz, und Ben schlug vor: »Soll ich mal nach Vivien sehen?« »Ach was«, sagte Heinz.

»Appetitlicher jedenfalls als das Alter«, knurrte Jonathan. »Was ist an Scheiße schlimmer als an einem alten, vergammelten Körper?« und Anita schrie: »Hör bloß auf, nicht dieses Thema, ich habe mir neulich einen Badeanzug gekauft und mußte in so eine hell beleuchtete Kabine mit drei Spiegeln. Ich bin zu Tode erschrocken über das, was ich da sah, und dann habe ich zwei Tage nur geheult.«

»Warum kaufst du auch Badeanzüge«, fragte Jonathan, »wozu?« »Um zu schwimmen, du Idiot«, sagte Anita, und er schaute sie an, trank sein Glas leer und fragte wieder: »Wozu?«

Ja, wozu, dachte Alma, wozu versuchen wir so verzweifelt, jung, knackig und gesund zu bleiben, als könnten wir den Verfall aufhalten. Wir werden Senioren genannt und alle tun so, als gäbe es Alter und Tod nicht, dabei sind wir in einigen Jahren nichts anderes als das: faltig, alt, tot.

»Kennt ihr die Geschichte von Fellini?« fragte Jonathan, und Vivien, die gerade wieder reinkam, stöhnte: »Sag jetzt bitte nicht, daß der auch Hundescheiße gefressen hat.«

»Nein«, sagte Jonathan, »der sah auf einem Hotelflur, wie ein alter Mann aus seinem Zimmer kam, die Tür schloß und sie dann sofort wieder öffnete, den Kopf reinsteckte und schnupperte. ›Was machen Sie da?‹ hat Fellini ihn gefragt, und er hat geantwortet: ›Ich prüfe, ob es wie alter Mann riecht, wenn ich mein Zimmer verlasse.‹ Fellini sagte, das täte er seitdem auch, und es sei deprimierend, es röche immer wie alter Mann.«

Alle waren still, Vivien setzte sich wieder, schob den Teller weg und sagte: »Jetzt kann ich nichts mehr essen.«

»Stell dich nicht so an«, sagte Heinz, nahm ihren Teller und aß ihre Portion auch noch auf. »Jemand wie du, der lebende, stinkende Austern schlürfen kann, sollte sich vor gar nichts ekeln, möchte man meinen.«

»Wißt ihr, woran ich zuerst gemerkt habe, daß ich alt werde?« fragte Jonathan. »Daran, daß ich im Zug nicht mehr lese. Ich bin ja viel auf meinen Lesereisen unterwegs, und früher habe ich in den Zügen wie ein Besessener gearbeitet, Zeitungen durchforstet, geschrieben, gelesen. Jetzt sitze ich nur noch still da und schaue auf die Landschaft, ich will immer nur Landschaften sehen, das beruhigt meine Seele. Und ich habe Kopfhörer auf und höre Schubert, nur noch Schubert, ich kann gar keine andere Musik mehr ertragen.«

Leo sagte: »Du solltest Bob Dylan hören«, und Jonathan antwortete brüsk: »Leck mich doch am Arsch mit deinem ewigen Bob Dylan, was weißt du denn vom Alter«, aber dann prostete er ihm versöhnlich zu, sie waren wieder quitt, und Leo lachte.

»Ich brauch jetzt einen Schnaps«, verkündete Gudrun, die sonst nie Schnaps trank. »Anders kriege ich die Hundescheiße nicht runter.«

»Jetzt hört doch endlich mit der verdammten Hundescheiße auf«, sagte Heinz und goß Gudrun einen Grappa ein. Anita sagte: »Apropos Schnäpse, ich war neulich in Kreuzberg, da gab es eine Kneipe, die hatte ein Schild im Fenster: Helle Schnäpse: zwei Mark. Dunkle Schnäpse: zwei Mark.«

»Und?« fragte Vivien, und Anita wiederholte: »Helle Schnäpse: zwei Mark, dunkle Schnäpse: zwei Mark« und lachte los. Vivien sagte pikiert: »Wo ist denn da der Witz?« und Jonathan lachte, bis ihm fast die Tränen kamen.

»Das ist korrekt«, sagte er, »das ist Berlin, immer deutlich, immer gründlich. In den Hacke'schen Höfen steht immer noch auf einer Mauer: ›Soziale Gegenmacht von unten aufbauen‹!«

»Was machst du in Berlin?« fragte Alma, »ich denke, du haßt Berlin?«

»Wer haßt Berlin nicht«, sagte Jonathan, »aber deshalb fährt man doch gern ab und zu mal hin. Ich hab da einen Vortrag gehalten, Thema: ›Die Bedeutung der Seifenoper in der Reinkarnationsforschung‹.«

»Das ist jetzt nicht dein Ernst?« sagte Gudrun, die lange in Poonah und Expertin für Reinkarnationsforschung war.

»Nein«, sagte Jonathan, »das ist nicht mein Ernst«, und sie war verunsichert und wußte nicht mehr, was sie sagen sollte.

Bei der Himbeer-Rotwein-Creme klopfte Ben an sein Glas und wollte eine Rede halten.

»Nein, Ben«, sagte Alma scharf, »bitte nicht. Bitte tu das jetzt nicht.« Sie fürchtete seine langwierige Umständlichkeit und hatte Angst davor, er würde zu privat von Glück, Dankbarkeit und fünfundzwanzig wundervollen Jahren sprechen, das hätte sie nicht ertragen.

Er sah sie leicht gereizt an und sagte: »Aber es ist doch unser Tag, ich wollte ...«

»Eben drum«, sagte sie, »du tust das jetzt nicht.«

Heinz erhob sich. »Dann mach ich es«, sagte er, »Ben, Alma, es ist wunderbar, daß ihr immer noch zusammen seid, ich beglückwünsche euch und uns alle dazu, und ich danke dir, Alma, für das wunderbare Essen. Ich hoffe, ihr seid noch lange glücklich miteinander.«

»Glück gibt es nicht«, warf Jonathan ein, und Vivien rief: »Gibt's doch, hat nur nicht jeder.«

»Glück«, sagte Jonathan, »das ist Sonne auf der Hoteltapete. Ansonsten gibt es so was wie Glück immer nur in der Erinnerung. Man weiß erst, was Glück ist, wenn man es verloren hat«, und Alma wußte: sie war einmal sehr glücklich gewesen, auch mit Ben, aber das war vorbei. Irgend etwas war mit ihnen geschehen, aber was? Und war das schlimm oder im Grunde ganz normal? Teppiche nutzten sich ja auch ab, oder?

Ben wollte sich das Wort nun doch nicht so leicht abschneiden lassen und fing wieder an.

»Ich möchte euch etwas erzählen«, sagte er, »etwas, das Alma und mir im letzten Sommer passiert ist.«

»Nein, Ben«, sagte Alma, »das ist eine sehr persönliche Geschichte, die erzählst du jetzt bitte nicht.«

Ben sah sie erstaunt und auch wütend an. »Was ist daran so schrecklich persönlich?« fragte er. »Es ist eine irre Geschichte, und außerdem sind das hier unsere Freunde, ich bitte dich. Also. Ihr wißt, daß Alma und ich letztes Jahr noch mal nach Frankreich gefahren sind, in die Bretagne, wo wir in den ersten Jahren unserer Ehe so oft waren.«

Alma schob ihren Stuhl zurück und ging hinaus. Anita folgte ihr in die Küche.

»Was hast du«, fragte Anita, »was ist das für eine Geschichte, kenn ich die?«

»Nein«, sagte Alma, »kennt niemand, und ich finde nicht, daß das etwas ist, was er jetzt auch noch stolz erzählen sollte. Es ist keine ruhmreiche Geschichte, und mir liegt sie eher wie ein Stein in der Brust.«

Und sie erzählte Anita von dieser Reise, die so eine Enttäuschung gewesen war. Stundenlang hatten sie auf der Fahrt durch die langen Alleen und die kleinen Dörfer stumm nebeneinander gesessen, sich wohl jeder für sich daran erinnert, wie sie früher hier und da Picknick gemacht, sich auf den Wiesen geliebt hatten, aber sie hatten nicht darüber gesprochen, auch an den Abenden nicht, in den klammen Hotelbetten, in denen sie nebeneinander lagen, ohne sich zu berühren.

»Nichts ist dümmer«, sagte Alma, »als an einen Ort zurückzufahren, an dem man einmal glücklich war. Man spürt nur Verlust, und man spürt ihn schmerzlich.«

Und dann, erzählte sie weiter, dann sei ihnen in Pléhérel, dem Ort, in dem sie damals im ersten Sommer waren, ein junger schlaksiger Mann, Mitte Dreißig, auf der Straße entgegengekommen, habe plötzlich gestutzt, sei in Tränen ausgebrochen, habe sie umarmt, geküßt, beide, sie in die Luft gehoben, herumgeschwenkt und immer wieder ihre Namen gerufen, ganz außer sich vor Glück.

»Das war Yannick«, sagte sie, »damals war er ein zehnjähriges Kind gewesen, Sohn des Bauern, auf dessen Wiese wir den Sommer über zelteten. Er war oft zu uns gekommen, Ben hat ihm schwimmen beigebracht, er durfte unseren 2CV durch die Felder steuern, er durfte an meinen Zigaretten ziehen, und wir haben mit seinem Vater geredet, daß er ihn nicht mehr schlagen soll. Yannick war ein zartes Kind.«

Alma starrte vor sich hin. Dann sah sie Anita an, mit Tränen in den Augen.

»Wir haben ihn geliebt, weißt du«, sagte sie, »er war einen Sommer lang wie unser Kind. Wir haben ihn wirklich geliebt. Und dann sind wir abgefahren und haben ihn einfach vergessen. Vergessen. Wir haben unser Leben geführt und vierundzwanzig Jahre lang nie wieder an dieses Kind gedacht. Was sind wir für Menschen.«

»Jeder ist mit seinem eigenen Leben beschäftigt«, versuchte Anita zu trösten, aber Alma schüttelte den Kopf: »Er hat uns nicht vergessen«, sagte sie. »Er hat seine Liebe bewahrt.«

Als sie wieder zurück ins Wohnzimmer kamen, weil Alma ihre Abwesenheit nicht zu dramatisch ausdehnen wollte, erzählte Ben gerade stolz:

»Und jetzt ist er Metrofahrer in Paris, hat zwei Kinder, und stellt euch vor, er hat seine Kinder nach uns benannt, Alma und Ben. Ist das nicht toll?«

»Was es alles für Geschichten gibt!« rief Vivien, und Jonathan sah Alma an und lächelte und verstand.

Gudrun schickte zum Glück und ehe eine Pause aufkam sofort eine Geschichte von einer amerikanischen Leihmutter hinterher, die für ein Ehepaar ein Kind austrug, und dann wurden es Zwillinge, aber das Ehepaar hatte nur ein Kind bestellt, wollte auch nur eins und nahm nur eins. Das andere kam in ein Waisenhaus. »Ist das nicht entsetzlich?« fragte Gudrun, und plötzlich sagte Christian, der den ganzen Abend über still und in sich gekehrt dagesessen und immer wieder Gabors Hand gehalten hatte: »Gabor hat Aids.«

Ben legte das Besteck neben den Teller und hörte auf zu essen. Anita schlug die Hände vor den Mund. Vivien rannte raus, als müsse sie sich schon wieder übergeben. Gudrun legte die Hand auf die Brust, schloß die Augen und bemühte sich um eine ruhige Atmung. Leo steckte sich mit zitternden Händen eine Zigarette an. Heinz starrte von einem zum andern und hoffte, irgend jemand würde jetzt etwas sagen, und Alma sagte: »Nein.«

»Doch«, sagte Christian, »er hat den Test machen lassen. Er ist positiv.«

Jonathan, der neben Gabor saß, legte ihm den Arm um die Schultern – eine seltene Geste, die vor allem Alma bewegte, denn sie wußte, daß er Berührungen mit anderen Menschen möglichst mied.

»Gabor«, sagte er, »das kann noch Jahre gutgehen. Jetzt weißt du es, na und, sterben müssen wir alle, du hast vielleicht noch fünfzehn, zwanzig Jahre Zeit, das ist mehr, als ich habe mit meiner Leber. Prost.«

Und er trank sein Glas leer.

Christian weinte, und Alma ging zu ihm und wischte ihm mit der Serviette die Tränen ab.

»Nein«, sagte sie, »jetzt wird nicht geweint, jetzt

wird einfach erst mal weitergelebt, und nichts erforschen sie zur Zeit so sehr wie Aids, das kann alles noch gut werden, Gabor.«

»Wird nix gut«, sagte Gabor kläglich, »muß ich auch aufhören mit Beruf.«

»Da läßt sich was machen«, rief Heinz, froh, auch etwas zum Trost beisteuern zu können. »Ich finde einen anderen Job für dich, in meiner Firma.«

Gudrun öffnete wieder die Augen, atmete tief durch und sagte: »Seid mir nicht böse, aber ich muß jetzt gehen. Das ist alles ein bißchen viel auf einmal, ich möchte jetzt allein sein und meditieren.« Leo wollte sich erheben, aber sie winkte ab.

»Nein«, sagte sie, »niemand geht mit, bitte. Ich brauche das jetzt. Ich melde mich.«

An der Tür stieß sie mit Vivien zusammen, die fragte: »Gehen wir schon?«

»Ich gehe«, sagte Gudrun, und Vivien nahm ihren Mantel von der Garderobe und sagte: »Ich gehe mit, mir ist den ganzen Abend schon so entsetzlich schlecht, entschuldigt bitte«, und dann waren die beiden verschwunden.

»Dumme Gans«, sagte Heinz, als die Tür ins Schloß fiel, und dann, zu Leo gewandt: »Ich meine Vivien, nicht Gudrun.« »Beides dumme Gänse«, sagte Leo und fragte Christian:

»Wenn er es hat, kriegst du es dann auch?«

»Nein«, seufzte Christian, »man kann ja aufpassen. Ich hab es nicht, und ich werd es auch nicht kriegen.«

»Gabor, sag was«, forderte Ben ihn auf, und Gabor zuckte mit seinen schmalen Schultern. »Was soll ich sagen«, antwortete er leise, »habt ihr ja auch geredet über Alter und Tod. Manchmal kommt Tod eben, wenn noch nicht alt.«

»Der kommt nicht«, sagte Leo überzeugt, »da gibt es Medikamente, gesunde Ernährung, du weißt jetzt Bescheid, du kannst danach leben. Das ist keine Tragödie.«

»Für mich schon«, schluchzte Christian, und Alma dachte zum ersten Mal kurz darüber nach, daß Christian Gabor offenbar wirklich liebte. Das hatte sie nicht für möglich gehalten. Sie sagte, ohne recht daran zu glauben: »Ach was, das stehen wir alle zusammen durch, du wirst sehen. Ihr werdet sehen.« Und sie setzte sich wieder auf ihren Platz.

Heinz machte eine Flasche Wein auf. »Das«, sagte er, »ist einer von den besten, der ist jetzt gerade recht. Im Barrique gereift. Müßte ich eigentlich erst mal dekantieren, aber Scheiß drauf. Besondere Situationen erfordern besondere Weine.«

Er goß sich ein, kostete, schloß die Augen und sagte: »Hm. Weich am Gaumen, und eine Kraft, die besonders im Finale erkennbar ist.«

Er füllte die Gläser, Gabor wollte abwinken. »Nix zuviel Alkohol«, sagte er, aber Heinz bestand darauf: »Das ist kein Alkohol, das ist Medizin für dich.«

Sie prosteten sich zu, und es war plötzlich ziemlich still geworden.

»Also«, sagte Heinz, »wenn wir schon mal beim Bekennen sind: Vivien und ich werden uns trennen.«

Niemand antwortete, alle sahen nachdenklich vor sich hin, und Heinz sagte enttäuscht:

»Ach, das habt ihr euch wohl schon gedacht?«

»Nein«, sagte Jonathan grob, »es interessiert nur einfach niemanden, Heinz.«

Anita hatte das Gefühl, sie müßte auch noch irgend etwas Nettes zu Gabor und Christian sagen, und ungeschickt fragte sie: »Was werdet ihr jetzt tun, ihr beiden?«

Christian wischte seine Tränen ab, schneuzte sich in die Serviette und lächelte.

»Was wir tun werden?« antwortete er. »Was sollen wir schon groß tun. Weiteratmen.« Und Gabor nickte.

»Nietzsche sagt«, fing Leo an und winkte dann, schon angetrunken, ab. »Ist ja auch egal, was Nietzsche sagt.«

Jonathan lachte. »Was, Leo«, zog er ihn auf, »das gibt's doch nicht, daß Nietzsche mal nichts sagt. Wißt ihr noch«, fragte er in die Runde, »wie Leo mal mit Nietzsches Texten über Land durch die Theater und Vortragssäle gezogen ist? Jeden Abend haben sie ihn hier am Stadttheater zurechtgeschminkt, die hohe Stirn, die Mähne, den Schnauzbart, das hätten sie in der Provinz nicht so hingekriegt, und es hat jedesmal zwei Stunden gedauert. Es war perfekt, was, Leo? Du warst Nietzsche. Und dann hat er die alten Klamotten angezogen, die man damals trug, und ist mit seinem Peugeot über die Dörfer gefahren, um in Gemeindesälen und Kellertheatern Nietzschetexte unter die Leute zu bringen. Ich war einmal mit, und ich werde nie vergessen, wie die Leute in Gummersbach an den Ampeln in das Auto starrten, wo Nietzsche am Steuer saß.«

Niemand konnte so recht lachen, und der Abend

war vorbei, das spürten alle. Heinz und Leo brachen auf, sie nahmen Gabor und Christian mit. Jonathan wollte mit Ben noch eine letzte Zigarre rauchen, und Anita und Alma räumten in der Küche ein bißchen auf.

»Ich werde mich von Ben trennen«, sagte Alma.

»Nein!« antwortete Anita fassungslos und sank auf einen Stuhl.

»Doch«, sagte Alma ruhig und spülte die Gläser. »Ich habe vielleicht auch noch fünfzehn, zwanzig Jahre. Ich will noch mal ein eigenes Leben.«

»Aber ihr habt es doch so schön hier«, sagte Anita, »was gäbe ich darum ...«

»Dann nimm du ihn doch«, antwortete Alma grob und sagte sofort hinterher: »Verzeihung. Tut mir leid.«

Anita sagte: »Ich kann dazu jetzt gar nichts sagen. Ich bin auch zu betrunken. Ich fahre jetzt nach Hause und melde mich in den nächsten Tagen. Überstürz nichts, Alma.«

Sie gab Alma einen Kuß, verabschiedete sich von den Männern im Wohnzimmer und war weg, Alma hörte ihr Auto. Anita konnte noch so betrunken sein, sie fuhr immer selbst, sie hatte eine Heidenangst davor, sich nachts irgendwelchen, wie sie sagte, rassistischen, debilen, haßerfüllten Taxifahrern anzuvertrauen.

Alma schaltete das Licht in der Küche aus, sie würde morgen aufräumen. Morgen. Im Wohnzimmer erklärte Ben Jonathan, daß er mit zwanzigtausend in den neuseeländischen Dollar gehen wolle, und Alma sagte nicht gute Nacht, sondern ging ins

Gästezimmer und legte sich voll angekleidet aufs Bett. Sie schloß die Augen und dachte darüber nach, was wichtig war und was nicht. Und dann fiel ihr erstaunt auf, daß das, was früher einmal wichtig gewesen war, heute bedeutungslos war, also würde das, was sie jetzt für wichtig hielt, sich auch irgendwann als bedeutungslos herausstellen. Alles war nur eine Frage des Zeitpunkts.

»Ich werde nach Paris fahren«, dachte sie, ehe sie endgültig einschlief. »Ich werde Yannick und die Kinder besuchen, und dann werden wir schon irgendwie weitersehen.«

Letztlich war das Leben ein Rätsel, ein Geheimnis, es war irgendwie unauffindbar, und Glück, dachte Alma, Glück, da hat Jonathan recht, Glück ist Sonne auf der Hoteltapete.

Der Tag, als Boris Becker ging

Am 30. Juni 1999 spielte Boris Becker zum letzten Mal in Wimbledon. Er verlor, und dann sagte er: »Es war Zeit zu gehen« und »Es ist gut, daß es vorbei ist«.

Wir hatten mit diesem Tag gerechnet und waren doch verstört und fassungslos, als er kam. Nie wieder unser Boris! Die meisten von uns interessierten sich überhaupt nicht für Sport, schon gar nicht für Tennis. »Fünfundfünfzig Millionen Tote im Zweiten Weltkrieg«, sagte Wenzel immer, »und ich soll mich dafür interessieren, wer Dritter auf der Tennisweltrangliste ist? Leckt mich doch.«

Wir ließen eigentlich nur Fußball als Sport des Volkes gelten, und die Fußball-WM wurde in unserer Stammkneipe immer komplett übertragen und mit horrenden Wetten begleitet. Aber Boris Becker, dieser rothaarige Junge mit den hellen Augen und den hellen Wimpern, der irgendwann plötzlich im Tennis aufgetaucht war, ein pummeliges Kerlchen, linkisch und scheinbar nicht besonders helle und auch nicht das klassische Reiche-Leute-Tenniskind in weißen Söckchen, dieser Boris Becker hatte uns im Laufe der Jahre alle fasziniert. Wir waren dabeigewesen, als er ein Sieger, ein Mann wurde, attraktiv, selbstbewußt, elegant und souverän. Wir haben triumphiert, als ausgerechnet er, der Blondeste der Teutonen, eine farbige Frau heiratete. Wir liebten seinen Jubel, und wir litten mit ihm, wenn er den Schläger verzweifelt auf den Rasen schmiß und »Scheiße!« schrie, und weil *er* ins Internet ging, gingen wir auch rein. Es brach uns fast das Herz, daß wir ihn nun nie wieder sehen würden, zumindest nie wieder in kurzen Hosen, rennend und mit vor Wut oder Freude geballten Fäusten, denn: »Im nächsten Jahr bin ich wieder da, aber dann mit Anzug und Krawatte« – das hatte er auch noch gesagt. Und jetzt trat er ab, weil er wußte, daß es Zeit war, und wir, alt geworden mit ihm, noch älter, saßen noch immer da, wo wir immer gesessen hatten. Wir hatten ihn damals unter uns aufgenommen, hatten gemeinsame Jahre mit ihm verbracht, und nun ging er einfach weiter und ließ uns zurück. Wir fühlten uns, wie Eltern sich fühlen, wenn die Kinder endgültig das Haus verlassen und unsichtbar an die Tür schreiben: »Jetzt seid ihr alt.«

Es war ein schwüler, langweiliger, bleierner Tag. Ein Donnerstag. In der Luft lag ein Gewitter. Ich radelte mit ein paar Blumen aus dem Garten zum Grab meiner Mutter, warf die alten Blumen weg, stellte die frischen hin und bat sie um Entschuldigung, mal wieder, für alles. Sie antwortete nicht, wie immer, dabei hätte es noch so vieles zu bereden gegeben. Aber wir hatten es verpaßt, und nun lag sie zu Asche verbrannt in ihrer schwarzen Urne Terra nera für 685 Mark unter den weißen Rosen, dem Lavendel, den Hornveilchen, die wir ihr gepflanzt hatten, und schwieg. Ich wußte, daß sie Boris Becker an diesem letzten Tag bestimmt gern noch zugesehen hätte, sie mochte ihn auch und kaufte alle Zeitungen, in denen etwas über ihn stand. Und sie hätte sich in diesen Tagen aufgeregt über das Todesurteil für Öcalan, denn auch der hatte ihr gefallen. »Halunke«, sagte sie, »aber recht hat er doch, die Kurden werden seit Jahrhunderten verraten, von allen, am meisten von den Türken. Was sagst du dazu?« Ich sagte, daß ich da nicht so richtig durchblickte, und sie seufzte, wie so oft: »Für was haben wir dich studieren lassen.«

Sie war so wach und aufmerksam und kritisch gewesen, bis zuletzt, bis zum ersten Schlaganfall, der ihr das halbe Hirn lahmlegte, ehe der zweite dann eine hilflose Greisin aus ihr machte, von einem Tag auf den anderen. Das war noch nicht lange her, ich hatte es noch nicht begriffen, hatte mich noch nicht von dem Schreck erholt, wie schwer Sterben war, wie schwer, dabei zuzusehen, und eigentlich betrank ich mich jeden Abend, um halbwegs durch die Nacht zu kommen. Die Zeit heilt nicht alle Wunden. Die Zeit ist die Wunde.

Auch an diesem Abend radelte ich in unsere Stammkneipe, über deren Eingang in grüner Neonschrift leuchtete: »Schafft alles ab!« und neben der Tür stand rechts an der Wand ein altes, aufgesprühtes Graffito: »*Kamf dem Faschismus!*« Das *p* hatte der Sprayer vergessen, aber was ist schließlich ein bißchen Rechtschreibung gegen die richtige Gesinnung. Darunter konnte man, mit Kreide geschrieben und fast schon abgewaschen, gerade noch ein rührendes »Bildet Banden!« lesen.

Innen saßen sie und redeten über Boris.

»Es war Zeit zu gehen«, sagte Wenzel zornig, »so ein Unsinn, es wäre Zeit zu bleiben in diesen Tagen durchgeknallter Teenager, Bobbele, wir brauchen einen wie dich! Fritz, bring noch eine Runde.«

Fritz brachte noch eine Runde, schlecht gelaunt, denn er hatte Krach mit seiner Frau, die erst seine Frau war, seit sie sich getrennt hatten. Zehn Jahre waren sie zusammengewesen, hatten diese Kneipe zu dem gemacht, was sie uns allen heute war, hatten ihre Tochter Ramona mit unser aller Hilfe großgezogen, und dann: Schluß, aus, von einem Tag auf den andern, sie hatte ihn rausgeworfen an dem Tag, als ihr Kater vor der Haustür überfahren wurde. Hella hatte den Kater weinend im Hinterhof begraben, und dabei war ihr wohl klargeworden, wie sehr sie diesen Kater und wie wenig sie Fritz noch liebte, und deshalb mußte Fritz gehen, und vielleicht hatte sie ja auch geschrien: »Es ist Zeit zu gehen, Fritz!«

Jedenfalls hatte er sich eine Wohnung gesucht, und kurz danach hatten sie dann völlig zerstritten geheiratet. Hella hatte darauf bestanden, damit das Kind endlich in ordentlichen Verhältnissen lebte und damit Fritz ja nicht auf die Idee käme, nicht zu zahlen, und überhaupt, einmal im Leben wollte sie auch heiraten, warum also nicht jetzt, wo alles vorbei war?

Wir waren alle zu dieser Hochzeit gegangen, noch in den grauenhaften orange- und pinkfarbenen ausgestellten Hosen und Lammfellmänteln mit Stickerei, den indischen Wallekleidern, diesen Zottelklamotten der siebziger Jahre, mit denen wir direkt vom Friedhof kamen, wo Ludger für seinen ersten Fernsehfilm eine Beerdigung drehte und wir in diesen Kleidern als Statisten antanzen mußten, ohne Geld, versteht sich. Ludger spendierte dafür später bei Fritz ein paar Runden. In dem Film wurde ein Spät-hippie beerdigt, und wir mimten die Freunde, die ihm die letzte Ehre erwiesen. Alle waren wir da – Wenzel und Huberti, das linkeste aller linken Kabarettduos, Karl, der mit seiner Plattenfirma Millionär geworden, aber Trotzkist geblieben war, Schmittchen, der Friseur, der uns auch schon mal in der Küche der Kneipe nach Feierabend die Haare schnitt, Jupp und Danilo, die sich zusammen eine Schreinerei aufgebaut hatten und avantgardistische Möbel entwarfen, die kein Mensch kaufen wollte. Die schöne Janni war da, die schon in allen Betten gelegen, immer ewige Liebe geschworen und sich zwei Tage später neu verliebt hatte, Tayfun war da, unser Vorzeigetürke, der besser Dialekt sprach als mancher von uns, meine Freundin Lola war da, die Musikerin, die melancholische Arbeiterkampflieder komponierte, aber keinen Arbeiter mehr fand, der ihr zuhörte, also sang sie nur für uns, Frank war da, der stille Schachspieler, der immer nur gegen sich selbst oder den Computer spielte, und ich war auch da in einer neongrünen Hose und einer Lederjacke aus dem Fundus, mit goldenen Ketten und einem Schriftzug hintendrauf: Hotel California.

Da stand ich also schon wieder auf einem Friedhof, aber diesmal war es nicht die Urne Terra nera mit der Asche meiner Mutter, die wir hinunterließen in das

Erdloch – »Familie senkt selbst ab«, hatte der Bestattungsunternehmer gesagt und die beiden Totengräber diskret beiseite gewunken –, diesmal war es nur ein Filmbegräbnis, und wir alle sollten – so die Regieanweisung von Ludger – möglichst erschüttert gucken, mußten aber nicht zwingend auch wirklich etwas empfinden.

Bei meiner Mutter damals hatte ich in dem Augenblick, als die Familie selbst absenkte, das heißt, als wir die Urne an zwei Seilen langsam in die Grube hinunterließen, tatsächlich nichts gefühlt, das kam erst später. Wir warfen Erde auf die Urne Terra nera, und ich hatte nur gedacht, daß jetzt der Schmutz, den sie ihr Leben lang so hartnäckig bekämpft hatte, doch noch über meiner Mutter zusammenschlug. Nur das hatte ich gedacht. Aber hier, bei dieser Filmbeerdigung, lag mir das Herz schwer in der Brust, ein Eisklumpen, den ich auftauen spürte, und davor fürchtete ich mich, denn das würde eine Überschwemmung in meiner Seele geben. Ich blieb lieber ein Eisberg, der mit einer netten, hellen Spitze aus dem Wasser ragt, für jedermann sichtbar, aber mein großer dunkler Teil lag hart und gefährlich unter der Oberfläche. Ich hatte Angst, meine Freunde würden nicht vorsichtig genug auf mich zukommen und dann auflaufen und zerbrechen. Ich hielt mich immer am Rand.

Ich sah in das Grab mit dem leeren Sarg und trauerte um uns alle, die wir mehr oder weniger bald da unten liegen würden, und Fritz würde uns die unbezahlten Bierdeckel nachwerfen.

Direkt nach der Filmbeerdigung waren wir also

als bunt verkleidete Horde von Filmstatisten zur Hochzeit von Fritz und Hella gefahren. Es imponierte uns, daß endlich mal zwei am Ende der Liebe heirateten und nicht am Beginn, wir fanden das ehrlich, logisch und fair. Die Liebe war keine sichere Bank, und die Ehe bot Hella und Ramona wenigstens ein Mindestmaß an Versorgung, wir fanden das in Ordnung, sogar Fritz sagte: »Warum soll ich sie nicht heiraten, bloß weil sie mich jetzt rausgeschmissen hat.« Bei »bis daß der Tod euch scheidet« hatten wir allerdings alle gelacht, und Hella hatte gesagt: »Demnach wären wir ja schon tot, denn so gut wie geschieden sind wir bereits.«

Die Hochzeitsfeier in der Kneipe war ein schönes Besäufnis geworden, Hella und Fritz hatten sich nicht einmal gezankt an jenem Tag.

Aber heute, an diesem Abend nach Beckers Niederlage und Abgang, war Fritz angefressen. Er hatte eine neue Freundin und wollte mit ihr ins Kino gehen, in einen Film mit Robert De Niro. Hella hätte ihn laut Dienstplan in der Spätschicht vertreten sollen und war einfach nicht erschienen. »Sie denkt nicht dran«, sagte Fritz und knallte uns wütend die Biere und Schnäpse hin, »sie denkt nicht dran, sagt sie, hier zu arbeiten, während ich mit der Mutter im Kino wäre. Eifersüchtig, auf einmal. Die kann was erleben, ich trag sie auf dem Dienstplan für Silvester 2000 ein, und dann laß ich sie hier bedienen und mit euch Idioten versauern, die ganze Nacht.«

»Silvester 2000«, sagte Tayfun, »das ist ein Abend wie jeder andere, den nehmen wir überhaupt nicht zur Kenntnis, das merk dir mal! Ich will am 31.12.

hier in Ruhe mein Bier trinken, wie an jedem anderen Abend auch, und wehe, das Wort Millennium fällt auch nur einmal, dann hau ich alles kurz und klein.« »Das tust du nicht«, sagte Fritz dröge, »weil sie dich dann wieder zurück nach Ankara schicken.«

»Millennium«, stöhnte Wenzel, »wenn ich das schon höre. Wieder so ein Datum für ultimative Fragen – wo kommen wir her, wer sind wir, wo gehen wir hin, haben Tiere eine Seele, können Pflanzen fühlen. Laßt uns doch einfach Silvester abhauen, damit wir das alles nicht hören müssen.«

Es entbrannte eine Diskussion darüber, was wir denn an Silvester 2000 tun könnten, und Janni, die gerade verheult aus dem Film »Buena Vista Social Club« kam und ihr Leben ab sofort mit Compay Segundo verbringen wollte, sagte: »Laßt uns doch einfach alle nach Kuba fahren und das vierzigste Jahr der Revolution feiern, solange es Fidel und Havanna noch gibt.«

»Das fehlt noch, ich nach Kuba«, sagte Wenzel, »wo sie den Sozialismus verraten und wo die Leute länger in Gefängnissen braten als irgendwo sonst auf der Welt. Fidels Genossen sitzen noch länger als Mandela gesessen hat.«

»Du kannst ja trotzdem mitfahren und dich dann mal wieder jeden Tag eine Stunde an irgendeinem öffentlichen Gebäude für die Menschenrechte anketten«, schlug Tayfun vor. Wenzel hatte sich schon als Schüler während der Militärdiktatur in Griechenland aus Protest angekettet, die Zeitungsausschnitte darüber hingen gerahmt und vergilbt an der Wand im Männerklo, direkt über dem Graffito »Der Arbeiter arbeitet. Der Dichter dichtet. Der Chef scheffelt.«

»Mal wieder anketten für das Gute in der Welt«, sagte Wenzel und kippte seinen Grappa, »keine schlechte Idee, das könnte ich machen, bei schönem Wetter an den Strand, bei Regen anketten, dann ruhig auch schon mal zwei, drei Stunden, also, ich komm mit.«

Ich war auch in »Buena Vista Social Club« gewesen und hatte die ganze Zeit weinen müssen aus Rührung über diese alten Leute, die so eine herrliche Musik machten, hatte mir gewünscht, endlich auch zweiundneunzig Jahre alt zu werden – und zwar etwas glücklicher als meine arme Mama da draußen in ihrer Terra nera für 685 Mark –, und ich war über und über mit Glück beschneit aus dem Kino gekommen. Es hielt immer noch an, das Glücksgefühl. Ich wollte ein besserer Mensch werden, und ich fühlte mich sanft und friedlich in der Runde dieser Freunde.

Wir waren alle irgendwo zwischen vierzig und fünfzig, die Männer hatten noch oder schon wieder lange Haare mit Zopf, und wir Frauen benutzten keine Antifaltencreme, um schön zu bleiben. 1968 war zwar weit, aber noch nicht so lange her, daß wir uns nicht mehr daran erinnerten, und keiner von uns wäre je auf die Idee gekommen, die Welt am Sonntag zu lesen oder die FAZ zu abonnieren – wo der Feind stand, das wußten wir noch immer und wir hofften auch, daß der klassische FDP-Wähler einfach immer älter und trotteliger und eines Tages endlich aussterben würde. »Da darf nichts nachwachsen«, sagte Huberti immer, aber wenn Freitag abends die jungen geschniegelten Börsenbubis mit ihren roten Sportautos aus der Nachbarstadt auftauchten und unsere Kneipe wie ein Saurierbiotop aus vergangenen Zeiten bestaunten und, wenn Tom Waits lief, riefen: »Was ist das denn für eine beschissene Musik?« dann waren wir uns nicht mehr so sicher, ob das nicht die künftigen Herren der Welt sein würden. Wir hatten ja 68 laut genug gefordert: Keine Macht für niemand! Und nun hatten wir keine.

Karl, unser linker Millionär, sagte abfällig: »Wenn ich die schon sehe, diese Typen, die morgens auf dem Weg ins Büro noch bei ihrer Domina vorbeifahren, sich eine Nadel in den Hodensack stechen lassen und dann in den zwanzigsten Stock rauffahren, um die Kupferpreise festzusetzen.«

Karl hatte gerade vor kurzem eine Auseinandersetzung mit der Polizei gehabt, mit denselben Bullen, sagte er, die in Wackersdorf damals auf uns eingeschlagen hätten, und jetzt habe ihn so einer angerufen wegen kurdischer Parolen auf seiner Hauswand.

»Sind Sie der Hausbesitzer?« hatte er gefragt, und als Karl bejahte, sagte er: »Dann erstatten Sie doch bitte Anzeige gegen Unbekannt, damit wir wegen Sachbeschädigung ermitteln können. Wir wissen nämlich, in welchem Umfeld wir ermitteln müssen, um den Verursacher dieser Schmierereien zu finden.«

»Schmierereien?« hatte Karl gebrüllt, »ich hör ja wohl nicht recht! Soll ich Sie wegen – wie nennt Ihr so was? – Verunglimpfung anzeigen? Wie kommen Sie mir denn vor, das Haus gehört mir, verstehen Sie? Und ich bin stolz darauf, daß meine kurdischen

Freunde ihre berechtigten Forderungen auf meine Hauswand schreiben. Laßt ihr mich bloß in Ruhe mit eurem Erstatten-Sie-Anzeige-Scheißdreck, ich will damit nichts zu tun haben«, und hatte den Hörer aufgeknallt. Wir waren alle mächtig stolz auf Karl, der den Bullen gezeigt hatte, daß die Millionäre von heute woanders stehen als die Millionäre von damals, wenn sie auch heute mehr Geld für Calvin-Klein-Unterwäsche als damals für die bewaffnete Guerilla in Nicaragua ausgaben.

Schmittchen kam rein, atemlos und sehr in Wut. Schmittchen hatte langes, graues schönes Haar, das zum Pferdeschwanz gebunden auf seinem Rücken wippte. Sein Salon lag direkt neben der Kneipe, und er schnitt uns allen die Haare, wütend über jeden Kurzhaarschnitt, den er machen mußte, und den modischen Pißpottschnitt à la Jürgen Trittin – oben ein Mützchen, unten rasiert, den schnitt er prinzipiell nicht. Kunden, die das wollten, schickte er aus dem Laden zu Salon Anni zwei Ecken weiter. »Da können Sie sich verunstalten lassen«, sagte er, »bei mir nicht.«

Schmittchen war auch gerade in »Buena Vista Social Club« gewesen und ganz entspannt aus dem Kino gekommen, ebenfalls fest entschlossen, ein besserer Mensch zu werden und seiner ewigen Freundin Reni morgen zwei Gardenien, dos gardenias, zu schenken und zu sagen: »Reni, dos gardenias para ti, und wenn diese Blumen welken, dann weiß ich, que tu amor me ha traicionado, dann liebst du mich nicht mehr« – wie es Ibrahim Ferrer in dem Film gesungen hatte, oder zumindest doch so ähnlich. Schmittchen war also sanft und froh aus diesem Film gekommen und hatte eine Politesse bei der Arbeit gesehen. Sie steckte Strafzettel hinter die Windschutzscheiben der Autos, die vorm Kino parkten. Schmittchen, der mit dem Fahrrad da war und also gar nicht betroffen war, sagte mild und ganz im Gefühl kubanischer Solidarität: »Laß das doch, Mädchen, das bringt doch nichts.«

Die Politesse hatte ihn wütend angeschaut. »Ist das Ihr Fahrzeug?« hatte sie gefragt, und als Schmittchen sagte: »Nein!« hatte sie gezischt: »Dann halten Sie sich raus!«

Aber er war nun gerade mal dabei, die Welt schöner zu machen, ließ nicht locker und fing wieder an.

»Das ist doch blöd, was du da machst«, sagte er, »das bringt doch nichts. Die Leute sind im Kino, das Auto stört hier keinen, mach doch keinen Ärger, Liebchen. Das Leben ist doch viel zu kurz!«

Sie hatte ihn entgeistert angesehen und gesagt: »Sie duzen mich nicht, und ich verbitte mir Ihre unqualifizierte Einmischung«, und da war Schmittchens Vorsatz von Güte und einem geänderten Leben in Sanftmut auch schon vergessen und er sagte, was wir alle in diesem Fall gesagt hätten: »Du blöde Schnalle.«

Sie war näher getreten. »Was haben Sie da gesagt?« fragte sie und zückte schon ein neues Blöckchen. »Ich habe gesagt: du blöde Schnalle«, wiederholte Schmittchen artig, »und ich füge noch hinzu: warum arbeitest du nicht lieber im Puff?«

Jupp, der mit Schmittchen im Kino war, ihn vergeblich zurückhalten wollte und inzwischen auch am

Stammtisch eingetroffen war, bestätigte, daß die Politesse daraufhin über Handy die Funkstreife herbeigerufen hatte und Schmittchens Personalien aufnehmen wollte. Danilo, der auch dabei war, versicherte uns, daß er mehr als einmal Schmittchen an der Jacke gezogen und »laß gut sein, Schmittchen!« gesagt hätte, aber Schmittchen habe ja nicht hören wollen, und tatsächlich sei, sogar mit Blaulicht, eine Funkstreife vorgefahren. Daraufhin sei Schmittchen ohne Vorwarnung und erstaunlich behende getürmt, und Jupp und er, Danilo, hätten sich einem Verhör unterziehen müssen, ob sie den Beleidiger kennen würden. Natürlich hatten sie das abgestritten. Natürlich wurden ihre Personalien aufgenommen, natürlich sagte die Politesse: »Sie haben ihn Schmittchen genannt.«

»Schmittchen?« habe Jupp gesagt, »wer soll das sein, kenn ich nicht, ich hab wahrscheinlich Schnittchen gesagt, weil ich noch was essen wollte. Wo gibt's denn hier die besten Schnittchen, Frau Wachtmeister?« und die Politesse zeigte auf Danilo und sagte: »Nein, der da.«

Danilo spielte überzeugend den Italiener, der kein Wort Deutsch sprach und rief ein übers andere Mal: »Ma dio spettinato, io non so assolutamente niente«, was etwa heißt: »Ungekämmter Gott« – angeblich ein toskanischer Fluch –, »ich weiß von nichts.« Schließlich habe man sie laufen lassen, und hier wären sie nun.

Fritz brachte Biere und Schnäpse, und plötzlich ging die Tür auf und zwei Beamte in diesen entsetzlichen senffarbenen Hosen kamen mit der Politesse in die Kneipe. Schmittchen sprang auf und war weg durch den Hintereingang, er kannte sich hier aus, und die beiden Beamten natürlich sofort hinterher.

»Sind die uns doch tatsächlich gefolgt«, fluchte Danilo, und Fritz rief:

»Verdammt! Ausgerechnet heute ist die Tür zum Hof abgeschlossen, da kommt er nicht raus«, und da kamen sie auch schon mit Schmittchen zurück, nahmen seine Personalien auf und verkündeten eine Anzeige wegen Beleidigung. Danilo und Jupp waren gleich mit dran, und unsere Stimmung wurde noch schlechter, als sie es sowieso schon war, an diesem Tag, an dem Boris uns verlassen hatte.

Als die Senfhosen endlich verschwunden waren, sagte Fritz: »Ist ja nicht gerade gut fürs Geschäft, was ihr hier veranstaltet«, und Tayfun, der als Dolmetscher bei Gericht in Türkenprozessen arbeitete und sich mit solchen Dingen auskannte, rechnete aus, daß diese ganze blöde Nummer Schmittchen an die dreitausend kosten würde. »Dafür mußt du viele Haare schneiden«, sagte er. Wir versprachen, zusammenzulegen, und damit war die Silvesterreise nach Kuba wohl fürs erste abgemeldet. Wenzel und Huberti fanden das letztlich auch besser so, Sozialismus ja, Fidel nein, sagten sie, und sie erzählten von Heiner Müller, der immer mit den Stasileuten gesoffen und versucht hatte, sie zum Sozialismus zu bekehren – sie hielten aber nichts davon. In der nächsten Karnevalssaison traten Wenzel und Huberti dann allerdings beim alternativen Rosenmontagsfest mit Che-Guevara-Mützen und rotem Stern als »Fidele Kubäncher« auf und legten eine bravouröse Nummer hin: Wir versaufen das Kapital, wir schunkeln für die Weltrevolution, und der Sozialismus ist doch im Verein am schönsten, nur keine Hektik wegen der Dialektik, der Kommunismus, der hat 'nen Rhythmus, der fängt zu schunkeln an, daß jeder mit muß, venceremos alaaf.

Aber an diesem Abend, als unser Boris abtrat, gab es erst mal wieder eine hitzige Diskussion mit denen, die immer noch in der DKP waren wie zum Beispiel Lola, die nach wie vor ihren Mitgliedsbeitrag zahlte, die UZ abonniert hatte und schon an eine gesicherte rote Zukunft glaubte, wenn sich der Lackierer Johann nach dem achten Bier tatsächlich von ihr küssen und umarmen ließ. Lola ließ auf Fidel nichts kommen. Vor kurzem war ihr Vater gestorben – plötzlich wurden wir alle Waisenkinder –, und der hatte noch mit den Internationalen Brigaden gegen Franco gekämpft. Seit einem Jahr bemühte sie sich, auf seinen Dortmunder Grabstein Hammer und Sichel meißeln zu lassen, aber die Friedhofsverwaltung war strikt dagegen.

»Das will eine Arbeiterstadt sein«, schimpfte Lola auf Dortmund. »Geht mal in Köln auf Melaten, da stehen ganze Karnevalsschlager auf den Grabsteinen.«

Huberti fand, daß man die Symbole des Kommunismus und die des rheinischen Karnevals so leichtfertig nicht gleichsetzen dürfe, und Jupp bot Lola an, Hammer und Sichel jetzt selbst auf den Grabstein von Lolas Vater zu gravieren, das würde doch sowieso kein Mensch merken. Solche Sachen dürfte man eine Behörde nie fragen, sagte er, da müßte der Bürger schon mal beherzt selbst entscheiden. Als Wenzels Vater gestorben war, sind wir ja ein paar Monate später auch mit vier Mann nachts über die Friedhofsmauer geklettert und haben den toten Dackel in sein Grab gelegt, zu seinen Füßen, wo er zu beider Lebzeiten schließlich auch immer geschlafen hatte. Und nach dem Tod von Rudi Kummer – Rudi, der uns jahrelang über LSD, seinen LiteraturSchnellDienst, mit Poesie versorgt hatte, waren wir auch nachts hingegangen und hatten ihm den Grabstein mit dem Spruch gesetzt, den er sich gewünscht hatte und den eine deutsche Friedhofsverwaltung nie genehmigt hätte: »Weh, unser guter Rudi ist tot. Wer trägt nun die brennende Fahne im Wolkenschopf zum täglichen Schnippchenschlagen?«

Rudi war als erster von uns gestorben, einen langen Lungenkrebstod. Eine Woche vor seinem Tod wurde sein Sohn geboren, den er nach dem biblischen Kain nannte, damit er den schönen Namen Kain Kummer tragen würde. Mit Janni hatte Rudi einen unehelichen Sohn, der Drusius Ingomar hieß, damit er, falls nichts aus ihm würde, doch wenigstens seinen Namen mit Dr. Ing. abkürzen könnte. Ich hoffte, Rudi eines Tages dort drüben wiederzutreffen, er fehlte mir sehr, und vielleicht hätte er bis dahin ja schon Robert Musil im Paradies getroffen und endlich mit ihm das »Weltsekretariat für die Genauigkeit der Seele« gegründet, und ich könnte Chefsekretärin werden und wäre gerettet.

Schmittchen fluchte über seine neuerliche Begegnung mit der Polizei. Er hatte gerade vor einer Woche schon mal mit den grünen Männern zu tun gehabt – als er in seinem Laden hinten auf einem Notbett übernachtet hatte. Das machte er manchmal, wenn er zu betrunken war, um in der Nacht noch nach Hause zu fahren. Er hatte mitten in der Nacht ein Geräusch gehört, seine Pistole, die er natürlich illegal besaß, gezückt und war nach vorne gegangen. Zwei Junkies waren beim Anblick der Kanone so erschrocken, daß sie sofort das Weite suchten. Weil aber die Schaufensterscheibe eingedrückt war, rief Schmittchen versicherungshalber die Polizei, die kam, den Fall notierte und dummerweise die armen Junkies tatsächlich noch in derselben Nacht schnappte. Und die sagten aus, sie wären mit einer Pistole bedroht worden. Jetzt war Schmittchen dran, illegaler Waffenbesitz, aber er behauptete, er hätte bloß »Buh!« gemacht. Die Pistole lag natürlich längst bei Fritz in der Kasse, eine Durchsuchung im Salon hatte nichts gebracht. Doch die dämlichen Junkies beharrten auf der Pistole, und nun müsse er eine Aussage machen.

Wir rieten ihm, zu sagen, daß es ein Fön gewesen war, ein schwarzer Fön, jeder Friseur hat einen schwarzen Fön, und jeder blöde Junkie hält doch jeden Fön für eine Pistole. Schmittchen leuchtete diese Version sofort ein und er genehmigte sich einen großen Wodka, und dann sagte er tieftraurig: »Geht nicht, meine Föne sind alle rosa.«

»Dann kauf ich dir morgen früh sofort ein paar schwarze«, sagte Karl großzügig, und die Sache war geregelt.

Immer wieder stieß Schmittchen, wenn er betrunken war, mit der Polizei zusammen – einmal war ich dabeigewesen, nach einem Rockkonzert in Fulda. Wir fuhren im Zug nach Hause, zum Glück ziemlich langsam, und Schmittchen hatte auf freier Strecke die Notbremse gezogen und befohlen, das Zugpersonal auszuwechseln, weil ihm die Strecke nicht gefiel. Aber Haareschneiden, das konnte er, allerdings mußte man aufpassen, daß er dabei seine Brille trug, was er an manchen Tagen aus Eitelkeit unterließ, dann war es besser, auf das Schneiden zu verzichten und nur waschen und legen zu lassen.

Wir redeten über Öcalan und die Todesstrafe. Keiner von uns war dafür, im Fall Öcalan sowieso nicht, aber auch generell nicht, doch, Schmittchen forderte heute abend natürlich die Köpfe aller Politessen weltweit.

Huberti erzählte von einem Mann, der in Utah zum Tode verurteilt worden war und sich als Henkersmahlzeit Pizza und Coca-Cola gewünscht hatte. Sie brachten ihm Pepsi, und er tobte vor Zorn – sein ganzes Leben lang hatte er Pepsi-Cola abgrundtief verachtet, und nun dies. Ein vollkommen verpfuschtes Leben. Und dann wollte er noch eine letzte Pall Mall rauchen. Aber das ›Reine-Luft-Gesetz‹ des Staates Utah verbot das Rauchen in allen öffentlichen Gebäuden, auch in Gefängnissen. Der Direktor hatte ein Einsehen und ließ ihn auf dem Weg von der Zelle zur Exekution – als schon ›dead man walking‹ angesagt war – im Hof ein paar letzte Züge nehmen. Wir tranken eine Runde auf den Direktor, und Lola erzählte vom Doppelmörder Bill Bailey, der in Delaware hingerichtet werden sollte, wo die Giftspritze üblich war. Die Morde hatte er jedoch 1979 begangen, zu einer Zeit, als man noch zwischen Strick und Giftspritze wählen durfte, und nun ärgerte er die Beamten und bestand auf Strick, aber sie hatten gar keinen Galgen mehr. In der Nacht vor der Hinrichtung mußten sie extra ein Galgengerüst bauen, und die Henker mußten erst wieder im Handbuch der U.S. Army nachschlagen, wie man einen hängt.

»Die Army weiß nämlich so was«, sagte Wenzel und erzählte von einem, der erschossen werden sollte, und das Gericht suchte per Anzeige ausgebildete Scharfschützen. Es meldeten sich Hunderte von Freiwilligen, die den Job nur zu gern machen wollten – fünf wurden ausgewählt und bekamen dreihundert Dollar pro Kopf, Jagdgewehre Kaliber dreißig, und einer hatte Platzpatronen, damit sie alle die Illusion haben konnten, nicht der Todesschütze zu sein. »Sie waren stocksauer über die Platzpatronen«, sagte Wenzel, »jeder hätte so gern mal wirklich einen erschossen.«

Es donnerte, und draußen brach endlich mit einem gewaltigen Regen das Gewitter los. Lou Reed sang »Take a walk on the wild side«, und wir guckten in unsere Biere. »Warum reden wir eigentlich heute dauernd vom Tod?« fragte Jupp, und Lola sagte: »Weil er immer mit am Tisch sitzt.«

Der Fernseher lief ohne Ton, Fritz zappte durch die Programme – überall muntere Menschen, die wußten, wo es langgeht. »Weltende« fiel mir ein, das Gedicht von Jakob van Hoddis, der fast vierzig Jahre seines Lebens in psychiatrischen Anstalten verbrachte, der vor Ameisen, Vögeln, Schnecken und vor allem vor Katzen freundlich grüßend den Hut zog und den sie im KZ als gemeingefährlichen Irren umgebracht haben. Weltende – »Dem Bürger fliegt vom spitzen Kopf der Hut, in allen Lüften hallt es wie Geschrei. Dachdecker stürzen ab und gehn entzwei, und an den Küsten – liest man – steigt die Flut.« Ich hatte Angst, abzustürzen und entzweizugehen. Die Flut stieg ja schon.

Ich bestellte mir noch ein Bier und einen Schnaps und ich dachte, was für ein Haufen Desperados wir doch waren. Wir warteten darauf, daß sich etwas veränderte, und ich glaube, daß die Veränderung auch schon oft still mitten unter uns gestanden hatte und wir hatten sie einfach nicht bemerkt und sie war weitergegangen. Für Boris Becker sollte sich jetzt alles ändern, das hatte er jedenfalls so beschlossen, ich beneidete ihn darum und ich hätte was darum gegeben zu wissen, was wohl Boris Becker gerade jetzt, in diesem Augenblick, machte, ob es einfach war, von einem Leben in ein anderes zu wechseln, und ob er wohl auch manchmal daran dachte, daß, wer mehr als ein Leben lebt, auch mehr als einen Tod sterben muß.

Ein Sender hat Geburtstag

Am Tag, als der Sender 50 Jahre alt wurde, war es heiß – 33 Grad. Der frühpensionierte Literaturredakteur, der Dichter und die ehemalige Journalistin schwitzten schon im Kleinbus, der sie um 9.30 Uhr vom Hotel abholte und zum Sender fuhr. Der ehemalige Literaturredakteur, Dr. Ernst Gauselmann, war dazu extra mit seiner neuen jungen Lebensgefährtin aus Irland angereist, wo er jetzt mit dem Vorsatz lebte, sich mit Whisky nach und nach zu Tode zu trinken. Er war ärgerlich, denn er hatte eigentlich den Bloomsday in Dublin feiern wollen, aber fatalerweise fiel der Bloomsday mit dem 50. Geburtstag des Senders zusammen, und da Gauselmann mehr als dreißig Jahre für diesen Sender gearbeitet hatte, hatte man ihn eingeladen. Einladen müssen, wie der Programmdirektor nach langen internen Pro-und-Contra-Diskussionen befand. Aber das wußte er nicht, er fühlte sich trotz Bloomsday, trotz der Hitze und der langen Reise geehrt und zeigte seiner jungen Freundin gern, wo er so lange vergeblich unter Banausen für die Sache der Literatur gewirkt, so viele Schlachten geschlagen und sich so viele Magengeschwüre eingehandelt hatte.

Der Dichter Albrecht Donner war dem Sender durch feinsinnige Filme verbunden, etwa über das Leben der Caroline von Günderrode oder »Deutsche Herbstlandschaften in deutschen Gedichten«, denn von seinen eigenen Gedichten konnte er nicht leben. Zur Zeit drehte er deshalb mißgestimmt einen Film über deutsche Weine, man hatte ihn von Dreharbeiten an der Mosel zum Fest geordert. Die ehemalige Journalistin Klara Zander, die jetzt nur noch Tierbücher schrieb, hatte früher den Jugendfunk des Senders moderiert, Interviews gemacht und kleine Filme für das monatliche Kulturmagazin des Literaturredakteurs gedreht. Sie war, als die Einladung kam, geradezu zum Fest des Senders geflohen, denn ihre dritte Ehe ging soeben in die Brüche, ihr Hund war gestorben und ihre Mutter hatte einen Besuch angekündigt. Sie war dem Sender in einer Art Haßliebe verbunden, die aber unter anderen Umständen als diesen nie ausgereicht hätte, sie zu seinem Geburtstag zu locken.

Sie fuhren im heißen Kleinbus durch die idyllische Stadt in Richtung Sender. Die Autos parkten bereits zwei Kilometer vorher in dichten Reihen. Um den Sender herum waren die Straßen gesperrt, Polizisten mit roten Armbinden und roten Gesichtern winkten Autofahrer energisch weiter und ließen nur die vom Sender gezeichneten Kleinbusse durch. Sie konnten passieren, vorbei am VIP-Zelt, an Würstchenbuden und Info-Ständen, und sie sahen drei Meter hohe Stelzenläufer, die King Kong, Charlie Chaplin und einen Saurier darstellten. »Die sind vom Europapark«, erklärte ihnen der Fahrer, »der sponsert das Fest, der Sender könnte so was gar nicht bezahlen.«

Vor dem Sender wehten Fahnen: »Sender zum Anfassen« stand darauf, und ihnen schauderte. Am Eingang zum Sender empfing sie Frau Dr. Schreiber-Kern, die Kulturredakteurin, sehr aufgeregt und in festlichem Schwarz. Sie steckte jedem von ihnen ein Schildchen mit dem Namen in klein und dem Namen des Senders in groß an die Jacke. Der Name »Zander« war in »Sander« abgewandelt, dafür wurde der Dichter Donner zu »Dr. Donner« erhoben.

»Das kann ja was werden«, knurrte Dr. Gauselmann und stellte seine junge Freundin vor: »Das ist Jessica.« »Wir brauchen für Jessica noch einen Passierschein«, sagte die Kulturredakteurin unglücklich, »o Gott, wo soll ich den nur herkriegen.« Sie verschwand mit Jessica in einem langen Gang und rief den dreien tröstend zu: »Geht schon mal zu Studio drei in die Kulturecke. Ich komm gleich. Ich hab in einer Kühltasche fünf Flaschen Chardonnay, die trinken wir dann!« »Wann, dann?« knurrte Albrecht Donner und blickte mürrisch zu King Kong, dem Saurier und Charlie Chaplin hoch. Die enteilende Kulturredakteurin sah diesen Blick noch und rief beschwörend: »Hauptsache, die Kultur ist auch vertreten!«

Die Kultur, das waren Dr. Gauselmann, Albrecht Donner und Klara Zander, die zusammen auf zwölf veröffentlichte Bücher und fünf Scheidungen kamen. Sie kannten sich sehr gut, hatten alle drei auf die eine oder andere Weise schon eine kleine Affäre miteinander gehabt, waren Freunde geblieben, sahen sich oft jahrelang nicht, blieben einander aber vertraut. Sie hatten ihre Erfolge und Mißerfolge, ihre Scheidungen, die Konfirmationen der Kinder und den Niedergang des Senders miteinander erlebt. Der einzige, der noch für den Sender arbeitete und daher wußte, was vor sich ging hinter den Mauern der »Anstalt«, wie sie ihn nannten, war Albrecht Donner, und er erzählte jetzt von dem gemeinsamen Freund Hanno Seebacher, der wegen seiner Schlafmützigkeit von den Aktuellen versetzt worden sei in die Nachrufeabteilung. Da mußte er nun Tag für Tag die Nachrufe moribunder Prominenter auf Vordermann bringen. Wenn plötzlich Madonna oder Steffi Graf sterben würden, käme er in ernstliche Schwierigkeiten, aber die Nachrufe auf den Papst oder auf Fidel Castro, sogar auf Helmut Kohl, Inge Meysel und Günter Grass – die lagen fix und fertig da und er mußte im Ernstfall nur noch das entsprechende Datum einsetzen. Ärgerlich war, wenn einem hochbetagten Prominenten irgend etwas Außergewöhnliches zustieß – Tod durch Attentat, der Nobelpreis oder ein schrecklicher Unfall –, dann mußte Seebacher alles noch mal neu schreiben und aus dem Archiv andere Bilder besorgen. Aber sonst, »er ist voll auf dem laufenden«, sagte Albrecht Donner. »Ich habe ihm angeboten, meinen Nachruf selbst zu verfassen.«

»Fabelhaft«, sagte Gauselmann, »das mach ich auch«, und Donner antwortete: »Wer will denn auf dich einen Nachruf?«

Klara Zander erinnerte sich an eine Livesendung von Gauselmann, die so katastrophal gelaufen war, daß sie mittendrin ausgeblendet und unter Vortäuschung einer »Tonstörung« durch einen andern Beitrag ersetzt worden war. Das war viele Jahre her, aber in ihr stieg wieder ein Lachen hoch, als sie daran dachte, wie vier Schriftsteller über das Thema »Sexualität und Literatur« reden sollten, und wie Gauselmann, fahrig, nervös und unvorbereitet auf das, was sich da im Studio ereignete, immer blasser und verzweifelter auf seinem Stuhl herumgerutscht war. Eine Frau und drei Männer saßen damals in der Runde. Die Frau, eine Österreicherin, lebte seit Jahren in Italien und weigerte sich plötzlich, deutsch zu sprechen – Gauselmann aber sprach kein Italienisch. Der Kritiker einer bekannten Literaturzeitschrift schien unter Drogen zu stehen, er nuschelte leise, hielt die Hand vor den Mund und erging sich in geflüsterten Schnörkelsätzen, gespickt mit nie gehörten, imponierenden Fremdwörtern. Der Schweizer Schriftsteller, ein bekennender Homosexueller, erregte sich in schwerverständlichem Schwyzerdütsch und noch dazu mit einem gräßlich knatternden Sprachfehler, der das Zuhören vollends zur Qual machte, über das mangelnde Vorkommen der Homosexualität in der deutschsprachigen Literatur, und der großgewachsene deutsche Autor mit der hohen Stirn, der jetzt in Südfrankreich lebte, legte das imposante Haupt in den Nacken, schloß die Augen und antwortete auf jede Frage Gauselmanns mit »Dazu möchte ich mich nicht äußern!« oder »Diese Frage kann ich nicht beantworten!« oder »Das ist ein Themenkreis, der mich nicht interessiert«. Gauselmann sah nach mehreren Versuchen, ein Gespräch in Gang zu bringen, verzweifelt zum Kameramann, und die Regie hatte ein Einsehen, blendete »Tonstörung« ein und sendete ein älteres Interview mit Peter Ustinov. Gauselmann war damals tagelang krank gewesen, die mißglückte Sendung war Sendergespräch und rotierte als Lachband unter den Kollegen.

Während Albrecht Donner weiter von Hanno Seebachers trostloser Nachrufexistenz erzählte, gingen die drei für die Kultur Zuständigen durch die langen Studiogänge, in denen schon hektische Betriebsamkeit herrschte, obwohl das Publikum noch eine halbe Stunde vor den Toren warten mußte. Redakteurinnen, Maskenbildnerinnen, Kameraassistenten eilten auf und ab, suchten Mitarbeiter, Schminktaschen oder Ablaufzettel und riefen »Guten Morgen« oder »Na, das wird was werden« oder »Ich bin jetzt schon fix und fertig«. Im Sender waren alle Studios geschmückt und für das Fest hergerichtet worden. Gleich das erste Studio beherbergte eine Einrichtung, die sich »Gagtory« nannte. Mehr oder weniger junge Mitarbeiter eines Jugendprogramms fabrizierten hier akustische Gags. Genau für dieses Programm hatte Klara Zander vor vielen Jahren gearbeitet, als sie selbst noch jung und das Programm noch nicht zur Anderthalb-Minuten-Terrine verkommen war. Ein flotter Mensch mit kurzen Hosen, Kampfstiefeln und modischem Pilzhaarschnitt erkannte sie und sagte: »Ey, wenn du nachher mal Bock hast, kannst du bei uns rüberkommen, das wär geil, dann machen wir Quatschi-quatschi-Interview, paar blöde Fragen und so'n paar Jokes.«

Der Dichter Donner, der zum Frühstück im Hotel

schon zwei Armagnac getrunken hatte, sah ihn mit geröteten Augen an, trat nah vor ihn und sagte: »Junger Mensch, wiederholen Sie bitte sofort diesen Satz in korrektem Deutsch!«

Dr. Gauselmann zeigte meckernd vor Freude über diese Belehrung auf den jugendlichen Gagspezialisten, der sich an die Stirn tippte und in seiner Gagtory verschwand.

Die Kulturredakteurin tauchte mit Jessica wieder auf, die jetzt auch ein Namensschildchen trug, ihren Literaturredakteur küßte und rief: »Ernst, stell dir vor, ich hab schon Ulrich Wickert und Pastor Fliege gesehen! Ich finde das alles wahnsinnig aufregend!«

»Der Pastor Wickert und der Pastor Fliege«, empörte sich Gauselmann, »diese Pest der Menschheit, diese selbsternannten Tugendbolde!« Und er zitierte Talleyrand und sagte zu Jessica: »Verbrechen ängstigt mich, aber Tugend macht mich schaudern!« Jessica wuschelte ihm durch die schütteren, grauen Haare, er bog angewidert den Kopf weg. »Sei doch nicht immer so streng, Purzel«, sagte sie. »Der Pastor Fliege ist doch so süß.« Und sie sah entzückt hinter Tony Marshall her, der mit großem Gefolge in einem lila Satinanzug fröhlich winkend den Gang herunter kam und mit dem Ruf »Hoja-hoja-ho!« im »Stimmungsstudio« verschwand.

»Hiob«, knurrte Gauselmann, »ich fühle mich wie Hiob, überhäuft mit Plagen. Nicht Elend und Aussatz, die Banalität wird uns umbringen, wir werden überhäuft mit den Plagen der Banalität.«

Klara Zander empfahl der Kulturredakteurin,

doch jetzt schon mal unverzüglich die erste Flasche Chardonnay zu öffnen.

»Gleich, gleich«, sagte Frau Dr. Schreiber-Kern, »laßt uns erst in die Kulturecke gehen.«

Sie kamen vorbei an riesigen Büscheln Schilfgras in zwölf Eimern, zwischen denen ein ehemals politischer Redakteur saß, den man seit Jahren kaltgestellt hatte, weil er in jeder seiner Moderationen die Frage gestellt hatte: »Was aber, liebe Zuschauerinnen und Zuschauer, würde Jesus dazu sagen?« Soviel Jesus wollte man nicht im Sender, und außerdem war der Redakteur einfach zu ehrgeizig gewesen – »er würde am liebsten auch ans Kreuz genagelt werden«, witzelte selbst seine Sekretärin, und so durfte er irgendwann nicht mehr moderieren und verlegte sich ganz auf den Nutzen des Schilfgrases für die Welt – Schilfgras als Salat, Bodenbelag, Heizmaterial, Perückenstoff und Tabak, zum Beispiel. Man ließ ihn machen, und er durfte Schilfgrasbeiträge für ein Greenpeace-Magazin drehen, die aus aktuellen Gründen dann meist im letzten Moment doch nicht gesendet wurden. Klara Zander erinnerte sich daran, wie sie ihn einmal für eine Frauenzeitschrift interviewt und er nach dem Lesen des Textes das Interview gestoppt hatte, weil es ihn nicht positiv genug zeigte. Heute, dachte sie, könnte er sich das nicht mehr leisten. Ihr fiel auch sein damaliger Anrufbeantworter ein, auf dem ein Kind mit naiver Engelsstimme dem Anrufer kundtat: »Papi und Mami und ich, wir sind gerade ganz lieb miteinander. Da wollen wir nicht gestört werden. Du mußt später noch mal anrufen.«

Das hatte Klara an diese Türklingelschilder erinnert, auf denen gleich nach der Geburt der Name des Babys mit draufsteht – Karlheinz, Angelika und Kevin Neureuther, zweimal klingeln. Man konnte fast darauf wetten, daß diese Ehen nicht einmal bis zur Einschulung von Kevin halten würden.

Gleich hinter der Schilfgrasnische wurde soeben die Witze-Box aufgebaut. Hier durfte jeder, der wollte, Witze erzählen, danach auf einen Knopf drücken, und dann schepperte das Lachband. Ein Techniker überprüfte gerade schwitzend und fluchend die Anlage: »Eins-zwei-drei, Tescht, Tescht, Tescht«, sagte er ins Mikrofon und drückte den Knopf – brüllendes Gelächter. Verblüfft blieben einige Mitarbeiter stehen, und Dr. Gauselmann rief: »Laßt mich mal!« Er kletterte in die Witze-Box, räusperte sich, klopfte auf das Mikrofon und rief:

»Wer sind Sie eigentlich? fragte ich den Mann mit dem kurzen Bart, der mich morgens nie grüßte. Kennen Sie mich denn nicht? sagte der. Ich bin doch der Mann mit dem kurzen Bart, der Sie morgens nie grüßt.«

Der Dichter Donner lachte, Klara Zander lächelte, weil sie in diesem seltsamen Witz ihren alten, skurrilen Redakteur Ernst Gauselmann wiedererkannte, mit dem sie an so vielen Abenden, wenn die Anstalt schon leer und dunkel war, noch bis spät in die Nacht in seinem Büro gesessen und über Literatur, Liebe und Leben diskutiert hatte. Die Umstehenden starrten Gauselmann ratlos an, es herrschte Schweigen, nur Jessica rief: »Ja, und weiter?« Der Techniker sagte: »Knopf! Wenn der Witz fertisch is, müsse Se der

Knopf drücke!« Gauselmann suchte, fand und drückte den Knopf, und befreiendes Gelächter vom Band rauschte auf.

In einer Seitennische mit dem Schild »Wie alles anfing« saßen die erste Fernsehansagerin des Senders, Renate Seibel, die älteste noch lebende Redakteurin – Waltraud Grunert vom Frauenfunk – und der fast achtzigjährige, längst pensionierte Kinderfunkredakteur Heinz Cohn. Sie wurden geschminkt für die Diskussion »Wie alles anfing«, die hier um 11.30 Uhr stattfinden sollte.

»Die Gruft!« murmelte Albrecht Donner düster, »da landen wir auch mal!« Klara grüßte vorsichtig Waltraud Grunert, die sie aber zum Glück nicht erkannte. Waltraud Grunert hatte damals jeden Volontär und jede Hospitantin einen einzigen Satz schreiben lassen und dann die Fehler gezählt. Nicht einer hatte den Satz in all den Jahren ohne Fehler schreiben können. Der Satz lautete:

»Das Fürstentum Liechtenstein liefert an Libyen Schlämmkreide, numeriert und in Stanniol verpackt«, und wieder wußte Klara Zander nicht, ob man Stanniol mit einem n schreibt oder mit zweien, aber wenigstens war sie nicht, wie die meisten, an der Schlämmkreide oder an »Libyen« gescheitert, das Waltraud Grunert beim Diktieren spitzmündig und richtig wie »Lübien« aussprach, und dann war doch das y so tückisch an anderer Stelle. Waltraud Grunert sah genauso aus, als würde sie auch jetzt noch, hochbetagt und längst pensioniert, dem hereinströmenden Publikum um 11.30 Uhr unverzüglich diesen Satz diktieren und dann, wie damals, schneidend ausrufen: »Was, numeriert schreiben Sie mit zwei m? Und so was will zum Sender.« Heute würde sie wahrscheinlich noch spöttisch hinzufügen: »Nach der Rechtschreibreform mag das leider Gottes zulässig sein, verkehrt ist es allemal.« Reformen waren nichts, was Waltraud Grunert je geschätzt hätte.

Der ehemalige Kinderfunkredakteur saß wie versteinert da und blickte finster zu Boden. Er war Jude und hatte damals nur so gerade eben ein KZ überlebt, und Waltraud Grunert hatte nie einen Hehl aus ihrer herrlichen Zeit als BDM-Mädel gemacht. »Alte Nazisse«, hatte er immer verächtlich über sie gesagt und war ihr aus dem Weg gegangen. Und heute, am Geburtstag des Senders, erwischte es ihn doch noch und er saß mit ihr unter dem Schild »Wie alles anfing«. Dabei gab es selbst am Geburtstag ihres gemeinsamen Senders nichts, worüber diese beiden Menschen miteinander hätten reden können. Er schien zu überlegen, ob er vielleicht erzählen sollte, wie Waltraud Grunerts Mann, auch einmal Kinderfunkredakteur, aber vor seiner Zeit und in einem andern Sender, seine Sendungen immer mit »Heil Hitler, liebe Kinder!« begonnen hatte?

Die ehemalige und allererste Fernsehansagerin wurde gerade geschminkt, was nicht einfach war, denn seit sie nicht mehr ansagen durfte, trank sie sehr viel vom guten Wein des Sendegebiets und hatte entsprechende Pölsterchen, geplatzte Äderchen und aufgequollene Augen in Kauf zu nehmen. »Kinder, daß ich noch mal geschminkt werde!« rief sie, und die Maskenbildnerin seufzte: »Stillhalten, Renate, sonst krieg ich's gar nicht hin.« Denn Renate Seibel sollte nicht nur mitdiskutieren zum Thema »Wie alles anfing«, sondern auch die Originalnachrichten von damals noch einmal lesen, vor der Kamera.

Die Kulturecke war in Studio drei aufgebaut. Auf einem gezimmerten und mit schwarzem Leinen bezogenen Podest standen drei schwarze Ledersessel, davor drei kleine schwarze Tischchen mit drei Mikrofonen, drei Wassergläsern und drei Flaschen Mineralwasser. Hier sollten Dr. Gauselmann, Albrecht Donner und Klara Zander sitzen und um 12.30 Uhr, Mikrofone in den Händen, über Bücher und das Lesen reden und das Publikum möglichst mit einbeziehen. Im selben Studio war ein Wohnzimmer im Stil der 50er Jahre eingerichtet, dort sollte Werbung für eine Serie über die 50er Jahre gesendet werden, daneben fand die »Operation Fernsonde« statt – die Wissenschaftsredaktion demonstrierte das Operieren am offenen Kopf per Computer, jeder durfte mitmachen, und auf einem Lastwagen saß eine irische Band und fiedelte mit lauten Verstärkern irische Folklore.

»Wir sind noch nicht dran«, sagte die Kulturredakteurin beruhigend, »ihr könnt noch ein bißchen rumgucken.«

Inzwischen war das Publikum eingelassen worden und strömte durch die Gänge, in kurzen Hosen und bequemen Tretern, mit Plastiktüten ausgestattet, um Aufkleber, Broschüren, Autogrammkarten und kleine Werbegeschenke seines »Senders zum Anfassen« einsammeln zu können. In Studio eins wurden die Nachrichten vorbereitet. »Jedermann kann Nachrichten herstellen! Kommen Sie und machen Sie Ihre eigenen Nachrichten, unsere Nachrichtensprecherin hilft Ihnen dabei!« rief ein Volontär und scheuchte vom Gang aus das Publikum ins Studio, das, so war sich der enttäuscht dreinblickende ehemalige politische Redakteur sicher, viel lieber zum Schilfgras gegangen wäre.

Die Nachrichtensprecherin war jetzt stark geschminkt, und ihr Haar hatte man mit einer Art Drei-Wetter-Flüssigzement zur Haube gefönt. Auf den Monitoren, die den ganzen Raum füllten, sah sie großartig und wie aus Marzipan gemeißelt aus. Hausfrauen aus dem Sendegebiet schnitten daneben mit bläulich verfärbten Nasen und mißlungenen Dauerwellen schlecht ab, aber das ist eben Fernsehen, und das Fernsehen versteht nicht einmal an seinem Geburtstag einen Spaß.

Freiwillige wurden aufgerufen, die bereit waren, von einem Zettel die Nachrichten abzulesen. Ein älterer Mann meldete sich, große schwarze Schweißflecken unter den kurzen Ärmeln seines grünen Hemdes. Er wischte sich mit einem Stofftaschentuch den Schweiß von der Stirn und wurde von einer Maskenbildnerin mit Puder eingestäubt, während ihm ein Assistent ein Mikrofon ansteckte. »Puder? I bin doch koi Mädle«, sagte er, und das Mikrofon trug seine Worte durch die Halle. Die Menge klatschte begeistert.

»Wie heißen Sie?« fragte die Nachrichtensprecherin freundlich, und er antwortete: »Walter.«

»Das ist Walter«, rief sie, »meine Damen und Herren, nun aber mal einen Applaus für Walter.« Wieder klatschte die Menge, man schob die Kinder nach vorn, eine Dame fragte flüsternd: »Wer ist das?« »Ein Held«, sagte Albrecht Donner. »Und daneben? Die Frau? Die kenn ich doch aus dem Fernsehen.« »Sigi Harreis«, sagte Klara Zander, obwohl es nicht Sigi Harreis war, aber die Frau war zufrieden. Klara erinnerte sich daran, wie diese Lokalansagerin auch im Hörfunk die Nachrichten gesprochen hatte und sich immer, ehe das Mikrofon aufgezogen wurde, schnell noch einmal gepudert und ihr Gesicht im Spiegel überprüft hatte. Nie gab sie die Hoffnung auf, man könne sie auch im Radio sehen. Donner hatte mit eben dieser Nachrichtensprecherin damals eine heftige Affäre gehabt, die seine erste Ehe ruinierte. Jetzt sah er ihr teilnahmslos zu, wie sie Walter zu seiner ersten Sendung verhalf.

»Aufgeregt? Das müssen Sie nicht sein, Walter«, tröstete sie.

»I hoiß net Walter«, sagte Walter und landete damit einen Verblüffungscoup. »Ich dachte …« stotterte die Nachrichtensprecherin, und er sagte: »I hoiß Hans-Herbert Walter. Walter hinten.«

»Also Herr Walter!« strahlte sie und gewann ihre Fassung zurück. Schon etwas mißmutig geworden, applaudierte das Publikum trotzdem noch einmal, nun für Herrn Walter. Dann wurde ihm ein Zettel gereicht, und die Nachrichtensprecherin sagte: »So, Herr Walter. Es ist ganz leicht. Sie lesen jetzt einfach mal das vor, was hier auf dem Zettel steht, und dabei schauen Sie immer mal in diese Kamera dort, wo das rote Lämpchen leuchtet …« – der Kameramann fuchtelte mit den Händen –, »und lächeln vielleicht ein bißchen. So. Können wir?«

Der Kameramann nickte, Herr Walter starrte auf seinen Zettel, und die Ansagerin sagte mit einem festgefrorenen Lächeln zu den aus dem Nichts erklingenden Erkennungstönen der Tagesschau: »Guten Abend, meine Damen und Herren, hier ist das deutsche Fernsehen mit der Tagesschau.« Man sah auf riesigen Monitoren die Ansagerin und daneben den unter seiner Puderschicht schwitzenden Herrn Walter. »Die Abendnachrichten«, flötete sie, »wird uns heute Herr Walter vorlesen. Bitte.« Herr Walter sah sie an. »Jetzt?« fragte er. Sie nickte. »Jetzt«, sagte sie streng, und er schaute auf seinen Zettel.

»Washington«, begann er, und das Publikum applaudierte begeistert. Er sah irritiert hoch, schaute zur Ansagerin, der Kameramann zeigte auf sein rotes Licht und wedelte mit den Armen. Herr Walter starrte wieder auf sein Blatt.

»Washington«, fing er erneut an. »Der amerikanische Präsident Bill Clinton hat heute an den ehemaligen polnischen Ministerpräsidenten Lech Walesa ...«

»Wau-en-sa, Herr Walter, man spricht es Wau-ensa«, rief die Nachrichtensprecherin und lachte fröhlich. »Sehen Sie, es ist doch gar nicht so einfach, die Nachrichten zu sprechen!« Die Menge johlte, Donner sagte: »Wird dieser Tag je rumgehen?« und verließ zusammen mit Klara das Studio.

Sie trafen Dr. Gauselmann und Jessica draußen auf dem Gang an der »Koch-Station« wieder, wo sich die Menschen vor einem erhöht stehenden Herd drängten, auf dem eine Pfanne brutzelte. Hier panierten ein sehr dicker Redakteur und eine nicht ganz so dicke ältere Frau, beide in weißen Rüschenschürzen, Zucchini in Öl. Auf einer Schiefertafel stand: »Hier wird jede volle Stunde gekocht.« »Was kochen Sie denn alles so?« fragte eine Zuschauerin, und die ältere Köchin rief: »Zuschini, heute nur Zuschini, aber paniert.« Der Redakteur reichte auf einem Pappteller panierte Zucchini hinunter zu den Zuschauern und rief: »Jedsch koschded mer emol!« Genauso hieß die Kochsendung, die er zusammen mit der Köchin einmal im Monat im Vorabendprogramm präsentierte: »Jedsch koschded mer emol.« Jessica griff zu, pustete, kostete und verdrehte genüßlich die Augen, und Gauselmann murmelte ihr ins Ohr: »Der Doktor Ferber, Republikaner. Großes reaktionäres Arschloch. Und die Olle erst recht. »

»Aber die Zucchini schmecken köstlich«, beharrte Jessica und wollte ihn probieren lassen, doch Gauselmann drehte den Kopf weg und nahm lieber einen Schluck irischen Whisky aus dem silbernen Flachmann, den man ihm im Sender – mit seinem eingravierten Namen – zur Frühpensionierung geschenkt hatte.

»Donner, altes Kriegsschiff!« rief ein ergrauter Kameramann und begrüßte Albrecht Donner sehr herzlich und etwas verlegen auch Klara, die vor Jahren mal mit ihm einen Film gedreht hatte über Schauplätze der Literatur. In Thomas Manns Travemünde waren sie damals zusammen gefahren, der Kameramann hatte ihr nachgestellt, aber sie hatte nichts von ihm wissen wollen, und daraufhin hatte er sich so besoffen, daß das ganze Filmmaterial unscharf, verwackelt und unbrauchbar war. Auf eigene Kosten war er daraufhin bei Nacht und Nebel noch mal nach Travemünde zurückgefahren und hatte alles noch einmal nachgedreht, was sie ihm damals hoch angerechnet hatte. Wie hieß er noch? Neuerdings vergaß sie alle Namen. Donner half ihr aus der Klemme. »Richard«, sagte er, »Mensch, warum hab ich dich nicht bei den Moselweinen? Ich hab da so ein junges Bürschchen, das keinen Blick fürs Besondere hat und keine Ahnung vom Wein, und jeden Abend nach Drehschluß sitz ich allein in Traben-Trabach oder Trier in den Kneipen.« »Mich lassen sie nicht mehr raus«, sagte Richard, »bloß noch Studiokamera. Nur die Jungen fahren raus. So ist das. Alles nicht mehr wie früher.« Er schniefte, guckte kurz zu den beiden Köchen hoch und sagte: »Diese Volltrottel schon wieder.« Er zog Donner ein Stück weiter und haute ihm auf die Schulter. »Weißt du noch, die Günderrode?« sagte er. »Wie wir Spinnweben über den Grabstein gelegt haben, lauter anderswo geklaute Spinnweben? Was wär ich froh, wenn ich heute noch mal Spinnweben filmen könnte.«

Klara dachte daran, wie mutig sich die Günderrode einen Dolch ins Herz gestoßen hatte, keine dreißig Jahre alt, und ob denn wohl bei ihr, Klara Zander, jetzt schon die Kleider- und Bücherkisten vor der Haustür standen.

Ein kleines rotes Auto wurde mit »Vorsicht! Bitte Vorsicht!«-Rufen durch den Gang geschoben und mitten in das Schilfgras gestellt. Der kaltgestellte politische Redakteur wirbelte nervös darum herum und rief: »Vorsicht, das ist der Hotzenblitz, der fährt mit Schilfgras!« und drei junge Leute mit Kopfhörern und Popcorn blieben stehen. Er erklärte ihnen die vielseitige Verwendung von Schilfgras in einer Welt wie der unseren, aber sie nahmen ihre Kopfhörer nicht ab und hörten lieber ihren Technobeat. Als später in der Kulturecke über das Buch und das Lesen gesprochen wurde, waren die drei auch unter den Zuhörern, sie trugen noch immer ihre Kopfhörer und zuckten im Rhythmus hin und her, die Augen groß und erstaunt auf die drei seltsamen Menschen geheftet, die da vor Mineralwasser in schwarzen Ledersesseln saßen und mit Büchern herumfuchtelten – Gauselmann, Donner, Zander.

Klara traf eine alte Bekannte wieder, die ihr versicherte, sie sähe fabelhaft aus und es wäre zu schön, daß auch sie zum Geburtstag des Senders angereist wäre. Und wie es ihrem Mann ginge? Klara wußte nicht, welcher gemeint war, murmelte ein vages »Gut, gut ...« und hörte im Gegenzug von der Bekannten – schon wieder fiel ihr der Name nicht ein – die Geschichte ihrer Scheidung; nun aber sei sie sehr glücklich mit einem Redakteur aus dem Fernsehspiel, man wohne allerdings in getrennten Wohnungen, das sei überhaupt, wenn man sie frage, das ganze Geheimnis. Sie trug ein gelbes Kostüm, gelbe hochhackige Schuhe und sogar gelben Lidschatten und sagte: »Ich muß jede volle Stunde einen kleinen Bericht vom Fest machen. Aber nur im Dritten. In die Kulturecke komm ich auch.« »Bis dann!« sagte Klara und floh in ein kleines Studio, aus dem eine laute, kräftige Männerstimme drang. Das war das Astra-Studio, hier wurde erklärt, wie der Satellit funktioniert. Der Raum war wie ein Sternenhimmel gestaltet, düster mit einigen verwirrenden Leuchtpunkten, das waren die Satelliten. Auf einem Podium stand ein korpulenter Mann in einem schwarzen Anzug, er hielt ein Mikrofon in der Hand, obwohl man ihn in diesem kleinen Raum durchaus auch so verstanden hätte, und in dieses Mikrofon dröhnte er: »Wir versichern Ihnen, daß wir Sie mit Astra analog digital versorgen können.«

Vor ihm standen als sein einziges Publikum zwei Kinder, vielleicht zehn, zwölf Jahre alt, die sich furchtsam an den Händen hielten und zu ihm aufschauten. Seine Sätze klangen vor diesem Publikum grotesk, Worte wie »analog« und »digital« hatten etwas Obszönes an sich, und die Kinder lauschten denn auch verschreckt und standen da wie angewurzelt. Sie hatten ganz offensichtlich Angst, Blitzschläge aus dem Satelliten, dem Mikrofon oder dem Mund dieses Mannes würden sie treffen, wenn sie sich auch nur einen Augenblick von der Stelle bewegten. »Drüben gibt es panierte Zucchini«, flüsterte Klara ihnen zu und verließ schleunigst wieder das gespenstische Astra-Studio.

Auf dem Gang traf sie Manfred Weber, sein Name fiel ihr sofort ein. Er war Redakteur gewesen zu der Zeit, als sie ein Morgenmagazin moderiert hatte, und einmal, als sie zwischen den Beiträgen und während eine Musik lief, geweint hatte, war er zufällig mit einer Meldung ins Studio gekommen. »Was ist los?« hatte er erschrocken gefragt, und sie hatte sich die

Nase geputzt und unter Tränen geantwortet: »Mein Hund ist gestorben.«

»Und da heulst du?« hatte er stirnrunzelnd gesagt, »bloß wegen einem blöden Köter? Versau mir damit ja nicht die Sendung.«

Sie war damals mitten in der Livesendung aufgestanden, nach Hause gegangen, und er hatte die Sendung in Panik und Hektik zu Ende moderieren müssen. Es hatte eine Redaktionskonferenz zu dem Vorfall gegeben. Klara war sozusagen abgemahnt worden und hatte sich danach geweigert, je wieder mit Manfred Weber zu reden oder gar zu arbeiten.

»Klara!« sagte er, »dich habe ich aber Jahre nicht mehr gesehen!« Sie genoß es, an ihm vorbeizurauschen, ohne ihn eines Blickes zu würdigen. Mit Genugtuung sah sie ihn an diesem Provinzsender alt werden, wo doch sein Ehrgeiz immer gewesen war, als Pressesprecher nach Bonn zu kommen. Er dachte, es reichte, wenn man Wehner, Brandt und Strauß nachmachen konnte. »Aber es reicht eben nicht«, dachte Klara grimmig, »bei dir reicht es für gar nichts. Du konntest meinem Hund in puncto Intelligenz nicht mal das Wasser reichen.«

Manfred Weber starrte hinter ihr her und fühlte eine Art neidischer Bewunderung dafür, daß sie ihren Haß auf ihn tatsächlich über mehr als zehn Jahre hatte konservieren können. So konsequent war er nicht, so konsequent wäre er gern gewesen.

In der Kulturecke war inzwischen schon die zweite Flasche Chardonnay geöffnet worden, und der Literaturredakteur erzählte von Irland, wo die Menschen viel urwüchsiger seien als hierzulande, und der Dichter rief: »Aber lieber Freund! Das kann man so gewiß nicht sagen!«

»Warst du denn je in Irland?« fragte der Literaturredakteur, und der Dichter winkte ab: »Da muß ich gar nicht hinfahren! Das kann ich mir auch so vorstellen! Man muß nur die letzten fünfzig Seiten Ulysses lesen, nur die letzten fünfzig Seiten! Dann weiß man doch alles.«

Die Kulturredakteurin, schon etwas verwüstet durch Alkohol und Hitze, flüsterte: »Fangt doch jetzt einfach mal an.«

»Womit?« fragte der Dichter, und sie sagte: »Mit der Diskussion.«

Es waren Zuschauer im Raum, die aber ausnahmslos bei der Operation mit der Fernsonde am offenen Kopf zusahen. Es galt nun, diese Zuschauer auf die Seite der Literatur zu ziehen.

»Fang du an«, sagte der Literaturredakteur zu Klara Zander, »dich kennen sie vielleicht noch von früher.« Klara setzte sich in ihrem Sessel gerade hin, nahm ein Mikrofon und rief munter: »Sind denn hier eigentlich Menschen, die noch lesen?«

»Großer Gott«, stöhnte Albrecht Donner und sank tief in seinen Sessel. Ein paar Zuschauer drehten sich von der Operation weg und der Kulturecke zu, eine Frau zischte: »Pssst!« und nur ein Rentnerehepaar, das gerade in die Halle kam, blieb interessiert stehen. »Sie lesen gewiß!« rief Gauselmann und zeigte froh auf diese beiden. Die sahen sich um, bis sie begriffen, daß sie gemeint waren, dann kamen sie etwas näher. »Lesen Sie?« fragte Gauselmann sie durch sein Mikrofon, obwohl sie nun unmittelbar vor ihm standen. »Er hat den Star«, sagte die Frau, »aber ich les ihm die Zeitung vor.«

»Das hat doch alles keinen Sinn!« rief Donner entnervt und leerte sein Glas Chardonnay in einem Zug. »Das hat wohl Sinn«, meinte die alte Frau trotzig, und er rief: »Aber ich meine doch nicht Sie, gute Frau!«

Wieder sahen sich die beiden Alten hilflos um, wer denn sonst gemeint sein könnte, aber hinter ihnen stand nur die Kulturredakteurin, wedelte mit den Armen und rief: »Weitermachen! Einfach weitermachen! Dann kommt schon eine Diskussion!«

Die Operation mit der Fernsonde am offenen Kopf war beendet, in der entsprechenden Ecke wurde stark applaudiert, und die Menge drehte sich um zur Kulturecke, schon deshalb, weil direkt daneben der Ausgang aus dem Studio war. Die irische Band auf dem Lastwagen fing auf ein Zeichen des Musikredakteurs an zu fiedeln, und die Kulturredakteurin lief hin und rief: »Jetzt nicht! Jetzt ist erst Diskussion!« Aber sie fiedelten weiter, und entnervt kam sie zurück und sagte: »Jetzt machen die wieder Krach.«

»Das ist kein Krach«, belehrte sie der Literaturredakteur, »das ist irische Folklore.« Und der Dichter hielt die leere Flasche Chardonnay hoch und rief: »Haben wir noch eine?« Die Kulturredakteurin verschwand hinter dem Vorhang, wo sie ihre Kühltasche deponiert hatte. Sie kam mit einer köstlich beschlagenen Flasche und dem Korkenzieher zurück und mahnte: »Aber es ist erst halb zwölf ...«

»Gerade richtig«, sagte der Dichter und zog mit einem Plopp den Korken aus der Flasche. Jessica kam zu Dr. Gauselmann gelaufen und zeigte ihm ein Autogramm von Tony Marshall. Gauselmann schlug die Hände vor die Augen und Donner sagte bösartig: »Aber Ernst! Dafür interessiert sich nun einmal die Jugend!« Jessica schmollte und flirtete zum Trotz ein bißchen mit dem Geiger der irischen Folklore.

Als es am späteren Nachmittag mangels anderer Veranstaltungen in der Kulturecke dann wirklich mit herumstehendem Publikum so eine Art Minidiskussion über Lieblingsbücher gab, waren die drei Kulturschaffenden schon ziemlich betrunken. Klara Zander hatte inzwischen mit ihrem Mann telefoniert und ahnte, daß auch diese dritte Ehe nicht mehr zu retten war. Ihre Mutter war ans Telefon gekommen und hatte gerufen: »Kein Wunder, du warst als Kind schon so!« Über diesen Satz dachte Klara nach und war deshalb mit den Gedanken nicht ganz bei der Sache. Als der sehr bemühte und die Öffentlichkeit sichtlich genießende Dr. Gauselmann sie anstieß und sie nach ihren Lieblingsbüchern aus der Kindheit fragte, sprach sie verbissen von Dr. Dolittle, der die Sprache der Tiere verstehen konnte, und das könne sie, Klara Zander, auch. Die Zuschauer betrachteten sie ungerührt und gewannen bleibende Eindrücke über die Verrückten vom Fernsehen. Albrecht Donner lag tief in seinem Sessel und rief: »Cooper! Lederstrumpf! Jawohl!« und der Literaturredakteur zeigte auf den Dichter und rief: »Sein Sohn heißt zum Beispiel Fennimore! Man kann die Kinder nicht früh genug ans Lesen bringen!«

Eine Frau sagte: »Als wir Kinder waren ...« und

die Kulturredakteurin lief zu ihr und hielt ihr ein Mikrofon unter die Nase. Etwas irritiert begann die Frau noch einmal von vorn: »Als wir Kinder waren, gab's gar keine Bücher, da war Krieg.«

»Wir haben auch im Krieg gelesen!« rief der Dichter, der, soviel Klara Zander wußte, erst nach Kriegsende geboren war, und dann schrie jemand: »Achtung, der Intendant!«

Alles drehte sich zum Ausgang, durch den nun, umgeben von einem Troß geschäftiger Mitarbeiter, der Intendant des Senders in einem hellgrauen Anzug eintrat. Er winkte Gauselmann, Zander und Donner auf dem Kulturpodest huldvoll zu: »Weitermachen, weitermachen!« und besah sich dann, beobachtet von allen, die im Raum waren, die mittlerweile auf ihrem Lastwagen eingeschlafene irische Band, den offenen Kopf und die 50er-Jahre-Wohnung. Plötzlich kam Leben in den Literaturredakteur, der sich mit diesem Intendanten jahrzehntelang herumgezankt und ihm den Stellenwert der Literatur im Fernsehen klarzumachen versucht hatte.

»Die Bücher sind falsch!« rief er und sprang auf. Der Intendant wandte sich um. »Der Doktor Gauselmann!« sagte er und zog die Augenbrauen hoch. Dann fragte er, wie man ein krankes Kind nach seiner Verdauung fragt: »Die Bücher sind falsch?« Der Literaturredakteur nickte. Er kletterte mit hochrotem Kopf vom Kulturpodest und ging mit leicht schwankenden Schritten in die Ecke zur 50er-Jahre-Wohnung. Er zeigte auf das Bücherregal voller rororo-Taschenbücher. »Da!« sagte er zornig und hackte mit seinem Zeigefinger in die Luft, und alle gingen mit und schauten. Nur Albrecht Donner und Klara Zander blieben sitzen, und die Kulturredakteurin ließ sich einigermaßen erschöpft mit einem »Großer Gott, wenn er jetzt nur den Mund hält!« auf dem Kulturpodest nieder.

»Da«, sagte der Literaturredakteur bebend vor Aufregung, »sehen Sie selbst. Papprücken. In den 50er Jahren hatten die rororos aber noch Leinenrücken und keine Papprücken. Die da sind falsch. Die sind von später. Hier stimmt mal wieder gar nichts.«

»Interessant«, nickte der Intendant kühl, »wäre mir jetzt gar nicht aufgefallen.«

»Wie denn auch!« rief Gauselmann, »Sie haben sich ja noch nie sonderlich für Bücher interessiert. Das war schon zu meiner Zeit so.«

»Gauselmann«, sagte der Intendant und legte den Kopf schief, seine kleinen Augen funkelten spöttisch, »ich sehe, immer noch der alte Kampfgeist. Na bravo. Was – äh – was machen Sie denn eigentlich jetzt so, man hört ja gar nichts mehr.«

»Ich lebe!« schrie Gauselmann, »ich lebe, falls Sie sich darunter etwas vorstellen können, ich lebe in Irland, in der Nähe von Horst Stern, den ich auf Ihren Wunsch damals nicht in meine Sendung einladen durfte.« »Soso«, sagte der Intendant und schickte sich an, dieses ungemütliche Studio wieder zu verlassen, »ich kann mich allerdings nicht erinnern, Gauselmann, daß ich Ihnen je ausdrücklich verboten ...«

»Nahegelegt! Sie haben ja immer nur nahegelegt«, rief Gauselmann, und allmählich kam so etwas wie Leben und Interesse in die umstehenden Zuhörer. »Sie haben mir ja auch nahegelegt, Heinrich Böll lieber nicht einzuladen!«

»Soweit ich mich erinnere, war er dann aber doch da, lieber Gauselmann«, sagte der Intendant, schon im Gehen, ohne Gauselmann noch anzusehen.

»In der allerletzten Sendung! Jawohl! In der allerletzten Sendung!« rief Gauselmann. Der Intendant hatte das Studio verlassen, nicht ohne Donner und Klara zuzunicken, was nicht erwidert wurde. Dafür war die Kulturredakteurin aufgesprungen, als er an ihr vorbeigeschritten war. Gauselmann stand nun allein in der 50er-Jahre-Ecke, die irische Band erwachte, griff zu den Instrumenten und fiedelte los.

»Hätte ich ihm bloß keinen Wein gegeben!« stöhnte die Kulturredakteurin und räumte weg, was noch vom Chardonnay auf dem Tisch stand. Gauselmann kam unsicher zurück, mußte aber seine Rolle, die ihn sehr erregte, nun noch ein wenig weiterspielen. Sein Gesicht war verschwitzt, er lockerte Hemdknopf und Krawatte und rief hinter dem längst entschwundenen Intendanten und seiner Meute her: »Banause!«

»Aber Ernstel«, sagte Jessica, »was hat er dir denn getan, er war doch sehr nett.« Donner wieherte vor Vergnügen, zog Gauselmann den Flachmann aus der Tasche und nahm einen kräftigen Schluck. »Liebes Fräulein Jessica, da haben Sie völlig recht«, sagte er mit einer Verbeugung, »nett, jawohl, sie sind alle so schrecklich nett.«

»Halt doch du endlich den Mund!« fuhr Gauselmann Jessica an, die sich beleidigt umdrehte und hinüberschlenderte zur irischen Band, um ein paar Blicke mit dem Geiger zu wechseln. Donner erhob sich ächzend. »Schluß, Schluß, Schluß«, sagte er. »Ich gehe jetzt in die Kantine. Wer noch mehr Kultur will, kann ja dann dahin kommen.«

Gauselmann ließ sich schwer in seinen Sessel fallen und sah Klara Zander hilfesuchend an. »Weißt du noch?« rief er. »Weißt du noch, was er uns alles angetan hat?« Sie nickte, ja, sie wußte es noch, und sie erinnerte sich auch noch daran, wie verbissen und undiplomatisch Gauselmann sich aufgearbeitet hatte an diesem Mann, der nichts anderes war als eine Parteimarionette auf einer Karriereleiter. Mit etwas weniger Wind und Kampfgeschrei hätte man in einer weitgehend unbeachteten Literatursendung um 23 Uhr im Dritten Programm viel mehr machen können. Aber Gauselmann war immer alles schon im vornherein zur Kampfansage geraten, einer Kampfansage, die er im Grunde zu Hause seiner Frau, seiner Schwiegermutter und seinen aufsässigen Töchtern hätte machen sollen und wollen, aber er trug all seinen Zorn in die Anstalt, und da flogen dann die Fetzen und ruinierten seine Sendungen und letztlich auch sein Leben.

»Ich muß es morgen wieder ausbaden!« stöhnte die Kulturredakteurin und wählte eine Nummer auf ihrem Handy. Sie stellte sich ein wenig abseits und sagte: »Jochen? Ja. Furchtbar. Ganz furchtbar.«

Klara griff nach Gauselmanns Hand. »Ernst, das ist doch alles so lange vorbei. Wenigstens hast du es ihm schön gegeben.«

»Ja, was?« sagte er froh und richtete sich wieder auf. »Komm, wir gehen auch in die Kantine, Klara.«

Auf dem Weg zur Kantine kamen Gauselmann und Klara wieder an der Gruft vorbei, in der die damals erste Nachrichtensprecherin versuchte, von einem Teleprompter die damals ersten Nachrichten abzulesen. Sie lallte, die Haare standen wirr um ihren Kopf, und ohnehin war niemand da, der ihr zuhörte.

»Renate, das lassen wir jetzt«, sagte der Kameramann und schaltete sein Gerät ab. Der Monitor, auf dem Renate Seibel zu sehen gewesen war, erlosch, und gerade in dem Moment kam die Frau in Gelb mit ihrem Team und rief: »Oh, Renate, schon fertig? Gerade wollte ich ein Sekündchen mit dir drehen!«

»Leckt mich alle am Arsch mit euren Sekündchen«, sagte die Nachrichtensprecherin und legte den Kopf auf den Tisch.

Das Studio mit der Gagtory war voll mit jungen Zuhörern, die ratlos Manfred Weber lauschten, der Herbert Wehner nachmachte. »Wer ist das?« rief er, und niemand antwortete. »Meine lieben Genossinnen und Genossen, wenn jetzt aber der Herr Wohlrabe von der Ce. De. U., den ich auch leicht, auch leicht, nicht wahr« – die Stimme wurde lauter – »Übelkrähe nennen könnte ...« Keine Reaktion. Der Redakteur fragte wieder: »Na?« Keine Reaktion. »Herbert Wehner, Menschenskinder!« rief er, und ein junges Mädchen sagte: »Kenn ich nicht.«

»Weißt du noch«, sagte Klara, »wie er mal Willy Brandt nachgemacht hat, als der da war, und der konnte darüber überhaupt nicht lachen?« »Wichtigtuer«, nickte Gauselmann, »gräßlicher Kerl, hab ihn nie ausstehen können. Donner sagt, jetzt muß er immer die Kommunalwahlen machen, geschieht ihm recht, immer nur die Kommunalwahlen.«

Vor der Kantine wurde kontrolliert, ob Gauselmann und Klara auch zutrittsberechtigt waren. Das Volk durfte nämlich nicht hinein, nur Anstaltsangestellte, Künstler und Mitwirkende. »Was ist, wenn Jessica uns sucht?« fragte Klara, und Gauselmann winkte ab. »Soll sie doch«, sagte er. Charlie Chaplin, King Kong und der Saurier saßen mißmutig an einem Tisch vor Kaffee und Schnaps, die Stelzen hatten sie neben sich abgestellt. Albrecht Donner drückte in einer Ecke an einer ehemaligen Geliebten herum, die er zufällig wiedergetroffen hatte. Klara und Gauselmann winkten ihm kurz zu, suchten sich dann ein stilles Plätzchen und bestellten eine Flasche Hausmarke.

»Hier war ich dreißig Jahre!« seufzte der Literaturredakteur in tiefer Trostlosigkeit. Dann sah er Klara an und sagte: »Ich weiß, daß Jessica zu jung für mich ist, aber Frauen wie du machen mir angst. Jedenfalls hält sie mich für irgendwas und merkt nicht, daß ich in Wahrheit mit allem gescheitert bin.«

Klara lachte, tätschelte seine Hand und log: »Bist du doch nicht, Ernst. Das redest du dir ein.« Sie überlegte, ob es etwas gab, in dem sie selbst nicht gescheitert war, aber es wollte ihr nichts einfallen. Gauselmann prostete ihr dankbar zu.

Am Abend fuhren sie im Shuttlebus zum Hotel zurück, mit einer gähnenden, aber zufriedenen Jessica, die Autogramme von vielen Prominenten bekommen hatte, und ohne Albrecht Donner, der mit der ehemaligen Geliebten verschwunden war.

Sie setzten sich in die tiefen Sessel der gemütlichen Hotelbar und hätten gern noch eine gute Flasche Grauburgunder getrunken, aber Jessica becircte schon den Barkeeper, ihnen Frozen Daiquiris zu machen.

»Weißt du noch«, sagte Ernst Gauselmann zu Klara Zander, die endlich ihr Namensschild vom Jackett nestelte, »hier haben wir damals mit Böll gesessen, nach der letzten Sendung. Da war er schon so krank.«

Der Kellner brachte die Daiquiris, und Jessica setzte sich auf die Lehne von Gauselmanns Sessel, um mit ihm anzustoßen. »Wer ist krank, Purzel?« fragte sie und wuschelte wieder durch seine Haare. Er bog wie immer den Kopf weg und sagte: »Böll. Kennst du nicht.«

Klara hob ihr Glas, prostete den beiden zu, schloß die Augen und wünschte sich, wieder das kleine Mädchen mit den weißen Kniestrümpfen und den dunkelblauen Faltenröcken zu sein, das so klare blaue Augen und soviel Vertrauen in die Zukunft hatte. Jessica kraulte Gauselmann den Kopf und fragte: »Schmeckt doch super, oder?« Klara schlug die Augen wieder auf, sah zu Gauselmann hinüber. Ihre Blicke trafen sich, und beiden schien es, als sähen sie Tränen.

Zum Glück kam in diesem Augenblick Albrecht Donner vorm Hotel an, ohne die ehemalige Geliebte. Er bestellte sich gleich beim Reinkommen ein Bier, setzte sich auch in einen der Sessel und sagte auf Klaras anzügliches »Na?« mit abwinkender Hand: »Nein, nein. Ich war wohl auf der Suche nach der verlorenen Zeit. Aber…« sein Bier kam, er nahm einen großen Schluck, machte »Aaah!« wischte sich den Schaum ab und fuhr fort: »... aber da war wohl nichts.«

Sie tranken lange, viel und ziemlich still. Jessica ging schon hoch aufs Zimmer, nicht ohne Ernst zu ermahnen: »Gell, Purzel, du kommst auch bald?«

»Wie findet ihr sie, ehrlich?« fragte Gauselmann, der schon sehr betrunken war. Donner sah ihn wütend an. »Gauselmann, bitte. Nicht solche Fragen. Was willst du hören?«

Gauselmann seufzte: »Was soll ich denn sonst machen, so ganz alleine!« und Klara sagte: »Ich werd schon wieder geschieden.« Donner sah sie an, hob sein Bierglas und prostete ihr zu. »Aber ich heirate sie nicht«, rief Gauselmann, »und wenn sie sich auf den Kopf stellt!«

Gegen Morgen fuhren alle drei im Aufzug in den dritten Stock, wo ihre Zimmer waren. Donner hatte Klara den Arm um die Schultern gelegt. Gauselmann freute sich darüber, daß Donner souverän die Rechnung an der Bar auf den Sender hatte schreiben lassen. »Völlig korrekt!« sagte er, »wer Geburtstag hat, muß auch einen ausgeben.« Und dann beklagte er sich, daß der Barkeeper sie nicht hatte singen lassen. »Ein Ständchen!« hatten sie versichert, »für die Anstalt!« Aber er hatte das Ständchen bereits nach den Worten »Dem Karl Liebknecht haben wir's geschworen, der Rosa Luxemburg reichen wir die Hand« abgebrochen. Wegen der Lautstärke, wie er sagte.

Auf dem Flur im dritten Stock umarmten sie sich lange, küßten sich rechts und links, und Gauselmann lallte: »Und dafür bin ich extra aus Irland gekommen!« Albrecht Donner sah Klara mit alkoholgeröteten Augen an, schwankte ein wenig und flüsterte ihr ins Ohr: »Hoffentlich, liebe Klara, hat dein Herz bald anderswo zu tun.« Er küßte sie und torkelte zu seiner Zimmertür, schloß auf und war verschwunden.

»Hast du ihn eigentlich geliebt, damals?« fragte Gauselmann, und Klara lächelte glücklich und sagte: »Damals nicht.«

Am nächsten Morgen trafen sie sich nicht mehr. Gauselmann und Jessica schliefen aus, Donner wurde schon um halb neun von seinem Team abgeholt, um an der Mosel weiterzudrehen, und Klaras Zug fuhr gegen elf. An die Kulturredakteurin schrieb sie noch im Zug einen kleinen Gruß, und daß der Geburtstag des Senders ein schönes Fest gewesen sei.

Karl, Bob Dylan und ich

Ich saß mit Karl in dieser mexikanischen Bar, die gerade so in Mode war, und wir redeten über die alten Zeiten und darüber, was eigentlich aus uns geworden war. »Jung und schön sterben, das wär's doch gewesen«, sagte ich zu Karl, »aber nein, wir leben immer noch und saufen zuviel und sehen auch danach aus, guck uns doch bloß mal an.«

Karl guckte mich an, sagte: »Was willst du? Forever young?« und bestellte sich noch ein mexikanisches Bier. Seit Marlene ihm weggelaufen war, war nicht mehr viel mit ihm anzufangen. Er wurde leicht wütend, war schnell erregbar, oft depressiv, dann wieder übermütig wie ein Schuljunge – seine Launen schlugen dramatisch um. Er hatte Marlene in all den Jahren immer schlecht behandelt. Er hatte sie herumgescheucht und angeschrien und betrogen, aber er hatte nie damit gerechnet, daß sie ihn verlassen würde. Sie waren doch so aufeinander eingespielt – mein Gott, Marlene, hatte er oft gesagt, stell dich doch nicht wegen jedem Scheißdreck so an, das ist eben meine Art, verdammt noch mal.

Aber eines Tages war Marlene mit einem Kulturredakteur vom WDR nach Martinique geflogen, für drei Wochen. Karl faßte es einfach nicht. Anfangs hatte er noch gedacht, daß ihm die kleine Marlene mal zeigen wollte, was Rache ist, daß sie ihm, dem notorischen Fremdgeher, mal eins auswischen wollte. Er hatte theatralisch die Fäuste in Richtung irgendwohin geballt, wo er Martinique vermutete und hatte gebrüllt: Komm du mir nach Hause!

Aber Marlene war nicht mehr nach Hause gekommen, nur noch einmal, als er nicht da war. Da hatte sie ihre Sachen abgeholt und war zu dem Kulturredakteur gezogen, in dessen Wohnung.

Als Karl merkte, daß es ihr ernst war, hatte er den Kulturredakteur im WDR angerufen und gesagt: »Hör mal zu, du miese Ratte, wir treffen uns in zehn Minuten im Spitz, und wehe, du kommst nicht.«

Der Kulturredakteur war tatsächlich erschienen, und Karl, der vor dem Lokal auf ihn wartete, war schnell auf ihn zugegangen. Karl ist nicht groß, aber sehr kräftig, er war stark vor Zorn, und ohne Vorwarnung prügelte er den Kulturredakteur durch dreieinhalb Straßen. Gleich mit dem ersten Faustschlag hieb er ihm die Brille von der Nase. Der Kulturredakteur bückte sich noch danach, aber Karl trat sofort auf die Gläser.

»Lassen Sie das«, rief der Kulturredakteur, »ich brauch doch meine Brille!«

»Du brauchst jetzt gar nichts, du Arschloch!« schrie Karl, »alles, was du brauchst, ist ordentlich was in die Fresse, das brauchst du.«

Und er hatte ihn schreiend vor sich hergetrieben durch die elegante Pfeilstraße, wo die Verkäuferinnen aus den Boutiquen kamen und interessiert zusahen. Zu gern hätten sie auch einmal den Grund für soviel Leidenschaft abgegeben. Die Passanten bildeten eine Gasse und ließen die beiden durch, schon aus Respekt vor Karl, der ununterbrochen mit den Armen fuchtelte und brüllte.

»Du Wichser«, schrie er, »dir hau ich doch deinen eingebildeten Schädel kurz und klein! Macht er sich an fremde Frauen ran, die ihm nicht gehören, wo sind wir denn eigentlich, was glaubst du denn, wer ich bin, denkst du vielleicht, du kannst das mit mir machen, ja, denkst du das, du schwindsüchtige Kulturwurst? Falsch gedacht, Bürschchen, dir brech ich jeden Knochen, jeden, verstehst du!«

Und er trat und prügelte, und dem Kulturredakteur, der immer schneller lief und seinen Kopf mit den Händen zu schützen versuchte, kam das Blut schon kräftig aus der Nase. Ein- oder zweimal hatte er zaghaft »Hilfe!« gerufen, aber niemand hatte darauf reagiert, außer Karl, der ihm noch einen Boxhieb in den Rücken versetzte und schrie: »Hilfe? Ich helf dir schon, du Trottel.«

Einmal war eine alte Frau stehengeblieben und hatte vorsichtig gerufen: »Aber was machen Sie denn da?« und Karl hatte ihr ins Gesicht geschrien: »Sei froh, Mutter, wenn ich dich vor so was wie dem hier schütze!« und sie war erschrocken weitergegangen.

Ich erzählte Karl von den beiden Künstlern, die immer nur schwarzes Leder trugen und einmal auf dem Domplatz eine Performance gemacht hatten mit dem Titel »Küsse und Schläge«. Abwechselnd hatten sie sich immer zwei Minuten lang innig geküßt und dann zwei Minuten lang aufeinander eingedroschen, und das bestimmt über eine halbe Stunde. Anfangs hatten die Zuschauer gestaunt, dann gelacht, dann applaudiert und das Ganze mit deftigen Kommentaren gewürzt. Aber nach und nach wurde die zusehende Menge immer unruhiger. Beide Künstler bluteten schon von den Schlägen und hatten sich beim Küssen die Lippen zerbissen, und erste Rufe wurden laut: »Scheißschwuchteln!«

Und schließlich hatten sich Umstehende handgreiflich eingemischt, aber nicht bei den Schlägen, sondern bei den Küssen. Das war ihnen einfach zuviel, zwei Männer, die sich derart intensiv öffentlich küßten. Damit wurden sie nicht fertig. Aber Schläge – wen interessieren schon Schläge.

Die Geschichte gefiel Karl.

»Vielleicht hätte ich ihn ja mal küssen sollen«, sagte er, »aber der Kerl ist zu groß, ich komm nicht dran.«

Wir lachten und bestellten uns noch zwei Tequila, und ich fragte: »Was hat es eigentlich gebracht? Hat er dich nicht angezeigt?«

»Der«, sagte Karl verächtlich. »Der ist nach Hause geschlichen zu Marlene, die ihm vermutlich die Wunden geleckt hat. Ich hätte sie verprügeln sollen, nicht ihn.«

Karl war mein ältester Freund. Wir kannten uns seit der Schulzeit. Wir haben zusammen Bob Dylan gehört und waren zu Lou-Reed-Konzerten getrampt, wir haben uns auf Demos verprügeln lassen und unsere ersten Joints zusammen geraucht, und als ich damals im vierten Semester heiraten mußte – jedenfalls dachten wir, daß wir müßten, so waren die Zeiten –, da war er mein Trauzeuge gewesen, obwohl er meinen Mann nicht leiden konnte. »Intellektueller Wichspinsel«, sagte er verächtlich und gab uns keine zwei Jahre. Aber er staunte doch darüber, daß mir der intellektuelle Wichspinsel derart schnell ein Kind angehängt hatte. Karl war natürlich auch Toms Taufpate geworden, und wie so oft wußte er auch jetzt, woran ich gerade dachte und fragte: »Und? was macht unser Tom so?«

»Ach«, sagte ich, »brav wie immer, spielt Tennis, trinkt Cola light, der wird noch mal Polizist oder geht zur Jungen Union oder irgend so was, an dem werden wir nur Freude haben.«

»Komm«, sagte Karl, der Tom gern mochte, »red nicht so über ihn, sei nicht ungerecht. Sei froh, daß er keine Drogen nimmt und in der Schule gut ist, du weißt, daß das heutzutage ein Wunder ist, oder? Das weißt du doch?«

»Ja doch«, sagte ich, »klar weiß ich das, ich bin ja auch froh. Aber er ist so entsetzlich langweilig, Karl, er kennt die ersten dreißig der Weltrangliste im Tennis, er kann die Namen aller Ministerpräsidenten runterrasseln, und du solltest mal sein Zimmer sehen – da wird dir schlecht, so pingelig ist das aufgeräumt. Grauenhaft.«

Karl nickte. »Wie sein Vater«, sagte er, »dieser Korinthenkacker. Weißt du noch, der schrieb alle seine Ideen zu Seminararbeiten auf Karteikarten, alphabetisch geordnet.«

»Ob ich das noch weiß?« fragte ich. »Ich war mit dem Mann sieben Jahre zusammen.«

»Hast du mal wieder von ihm gehört?« fragte Karl, und ich schüttelte den Kopf. »Nein, schon ewig nicht, ich glaube, er ist bei Ivan Illich in Guernavaca und lehrt irgendwelche alternativen Wege der Medizin oder so.«

»Wichspinsel«, sagte Karl zufrieden. »Langweiler. Sei froh, daß du den los bist. Tom ist ein guter Junge, der wird nicht so spießig, den verderben wir beide schon ein kleines bißchen.«

Wir mußten lachen und prosteten uns zu.

»Weißt du was«, sagte er, »ich glaube, ich bin drüber weg, daß Marlene mich verlassen hat.«

Ich wollte ihn unterbrechen, doch er hob die Hand. »Moment«, sagte er, »laß mich das erklären. Wirklich, ich hab's verkraftet, daß sie weg ist. Was ich noch nicht verdaut habe, ist, wie blöd ich war. Ich hätte es merken müssen. Ich hätte es einfach früher merken müssen.«

»Das mit dem Redakteur?« fragte ich.

»Nein«, sagte er, »wie unglücklich sie bei mir war. Was für ein Idiot ich war. Ich hätte das merken müssen, aber ich merk ja nie was. Warum hast du nicht mal was gesagt?«

Ich protestierte. »Karl«, sagte ich, »wie oft hab ich dir gesagt, daß du mit Marlene nicht so umspringen sollst, wie oft?«

»Jaja«, sagte er. »Ist schon gut. Soll sie doch glücklich werden mit ihrem Kulturdeppen.« Er nahm einen Schluck Bier, sah mich an und sagte: »Dich schrei ich doch auch an und du bist nicht dauernd beleidigt.«

»Das ist was anderes«, sagte ich.

Karl gab mir einen Kuß auf die Wange. »Wir beide

haben kein Glück mit unseren Beziehungen, was?« lachte er, und ich dachte an Block.

Block hatte vor genau zwei Wochen die Tür zugeknallt und gesagt: »Du kannst mich mal, Irene.«

Und dann war er verschwunden mit seinen Bücherkoffern und seiner Reiseschreibmaschine, und ich saß wieder allein in meiner großen, dunklen Wohnung, in der alle Pflanzen eingingen und ich auch. Allein mit Tom, der sich mit Block nie vertragen hatte und sich in seinem Zimmer einschloß, wenn wir in der Küche stritten. Mama, was willst du mit einem, der nicht mal einen Computer bedienen kann, hatte er immer fassungslos gesagt und Blocks Reiseschreibmaschine angesehen wie ein Fossil aus vergangenen Jahrhunderten.

Anfangs hatte ich noch auf einen Anruf gewartet, auf einen Brief, ich hatte gedacht, ich würde ihn einfach in einer unserer Kneipen treffen und sagen: Hallo, Block!, und er würde sagen: Da bist du ja, Irene, und dann würden wir ein bißchen über alles reden. Nichts da. Block war und blieb weg, und Karl sagte spöttisch: »Vielleicht ist er ja mit einer Kulturredakteurin vom WDR auf Martinique? Vielleicht ist da ein Nest?«

Wir verließen die mexikanische Bar. Es hatte zu regnen angefangen. Wir radelten nebeneinander her durch den kalten Sommerregen, und als wir an diesem neuen, postmodernen Glitzerhotel vorbeikamen, fuhr Karl auf die gläsernen Schiebetüren zu, die sich lautlos öffneten und ihn einließen mit seinem nassen, verdreckten schwarzen Hollandrad. Er radelte klingelnd und grüßend einmal durch die ganze Hotelhalle, um die lederne Sitzgruppe herum, aus der ein paar ängstliche japanische Geschäftsleute schnatternd und fuchtelnd aufsprangen. An der Rezeption entstand Aufruhr, der Empfangschef eilte herbei und schaute über seine Halbbrille, fassungslos, aber Karl radelte zurück zum Eingang, hinterließ tiefe Dreckspuren auf dem hellgrauen Auslegeteppich, kam wieder zur Tür heraus, und wir fuhren weiter. Hinter uns zeterte der Empfangschef, und Karl fuhr freihändig, reckte die Arme in die Luft und rief: »Ha! das hat gut getan!«

Er sah mich an und sagte: »Ich träum neuerdings manchmal von Gewalt, und dann leiste ich mir ab und zu wenigstens so was.«

Zu Hause fand ich ein Telegramm von Rupert. Mit Rupert hatte ich vier Jahre zusammengelebt, vor Block. Es war gutgegangen, alles in allem, aber dann hatte Rupert sich verliebt, geheiratet, war weggezogen, und ich hatte nichts mehr von ihm gehört. In dem Telegramm stand: Bin Samstag in der Stadt, würde dich gern sehen, Rupert.

Es war Freitagnacht. Mein Kopf war schwer von zuviel Tequila und Corona, und ich sah in den Spiegel. Was ich sah, gefiel mir nicht: nasses Haar, müde Augen, die alte Lederjacke zu knapp und schon kaputt in den Nähten. Aber ich hing so an dieser Jacke und konnte mich nicht von ihr trennen – wenn Tom sie wenigstens tragen würde, aber er ekelte sich geradezu davor und trug nur T-Shirts mit Anti-Drogen-Aufdruck, Adidas-Jacken und verkehrt herum aufgesetzte Baseballkappen. Ich liebte Tom, aber ich fragte mich oft, warum ausgerechnet ich einen Sohn mit ausrasiertem Nacken haben mußte. Er sah so brav aus! Nataschas Sohn hatte Rastalocken und spielte Bongos in einer Reggaeband, und seine Freundinnen brachte er über Nacht friedlich mit nach Hause. Tom dagegen versteckte seine Ulrike vor mir, weil er sich für mich und mein Lebenschaos schämte. Ihr Vater war Zahnarzt, sie trug Designerjeans und spielte mit Tom Tennis – mehr wußte ich auch nicht von ihr, und wahrscheinlich waren sie keusch, würden eines Tages heiraten und Tom würde Schwiegervaters Praxis übernehmen.

Die Wohnung sah ziemlich schrecklich aus. Seit Block weg war, hatte ich alles stehen- und liegenlassen, den Müll, die alten Zeitungen, Berge von leeren Flaschen. Ich hatte nicht geputzt, nicht gelüftet, gerade mal die wichtigsten Teller und Tassen gespült. Alle Aschenbecher waren voll, das Bett war grau und ungemacht, die Balkonpflanzen mal wieder eingegangen. Die Wohnung und ich, wir waren in keinem guten Zustand. Ich hatte die Wahl: entweder alles weitergammeln lassen und denken: bleib draußen, Welt – oder ich pack's noch mal an und versuch zum ich weiß nicht wievielten Mal, aus meinem Leben noch irgendwas zu machen.

Ich trocknete meine Haare, und als sie trocken waren, ging ich dann doch unter die Dusche und ließ mir bestimmt eine Viertelstunde lang heißes Wassser über Kopf und Körper fließen. Ich wurde warm, lokker, das tat gut. Tränen und Wasser liefen mir übers Gesicht, und ich freute mich auf den Augenblick, in dem ich das Wasser auf eiskalt stellen würde, denn dann hätte ich es geschafft.

Es kam hart und schmerzhaft, es war wie ein Schock, aber meine Haut straffte sich, meine Augen wurden klar, mein Kopf frei. Ich trocknete mich ab und zog etwas Bequemes an, dann öffnete ich weit die Fenster. Der Regen rauschte sanft und traurig, wie Joseph Brodsky ihn in einem wunderbaren Gedicht beschrieben hat – er sitzt am Küchentisch, denkt ans Altwerden, und der Regen ist für ihn »noch nicht Musik / doch auch schon nicht mehr Lärm«.

Tom war mit seiner Schule auf Klassenfahrt. Ich war allein, und die nächsten Stunden waren großartig. Ich stellte Klassik Radio ein, obwohl sie da immer nur Häppchen senden, Kuschelklassik, nur zweite Sätze, nur ja nichts Aufrüttelndes oder Unbequemes, aber manchmal konnte ich genau das gut brauchen, sogar den zweiten Satz aus Mozarts armem Klarinettenkonzert, das die Welt auch erst wahrgenommen hat, nachdem es zur Filmmusik verhunzt worden war – Robert Redford hat, glaube ich, Meryl Streep in »Out of Africa« dazu die Haare gewaschen, mitten in der Steppe.

Ich fegte und putzte, ich warf vertrocknete Blumen und alte Zeitungen weg, ich brachte die leeren Flaschen in den Keller, ich hängte meine Kleider auf Bügel oder warf sie in den Sack für die Reinigung. Ich machte mein Bett ordentlich und dachte dann: na, man weiß nie, was kommt – zog die Laken ab und bezog es frisch. Ich spülte, polierte die Waschbecken in Küche und Bad und ich sang mit bei der blöden Arie ›Vater, Mutter, Schwestern, Brüder hab ich auf der Welt nicht mehr‹ und war froh darüber, daß das stimmte, denn das hätte mir noch gefehlt, meine

Mutter, die mir zugesehen und gesagt hätte: Irene, Irene.

Es ging mir gut, endlich wieder. Um drei Uhr früh fiel ich ins Bett, bei weit geöffnetem Fenster, und ich schlief tief und selig und traumlos.

Um zehn Uhr wurde ich wach, weil es klingelte. Nein, dachte ich, nicht mit mir, nicht jetzt, nicht so früh. Erst will ich mich anziehen. Erst will ich frühstücken. Erst will ich die Zeitung lesen, dann bin ich bereit für die Menschheit, dann erst.

Ich blieb liegen und ließ es klingeln. Der Briefträger? Rupert, jetzt schon? Egal. Ich streckte mich in meinem Bett aus und freute mich über die Sonne, die gerade noch so bei mir reinschaute – gleich würde sie für den Rest des Tages über die Dächer verschwinden. Ich schlief wieder ein und wurde wach durch erneutes Klingeln – es war nach eins. Rupert! dachte ich, verdammt, jetzt steht der vor der Tür, und ich liege noch im Bett, und noch dazu in einem T-Shirt von den Toten Hosen. Nein, nicht aufmachen, pardon, Rupert. Ich reckte mich, stand auf, wusch mich und machte mir aus den Resten, die noch da waren, ein Frühstück. Schon ein Uhr, Samstag, und morgen abend würde Tom zurückkommen – ach, irgendwas findet sich immer, Tiefkühlpizza, Spaghetti, H-Milch, jetzt würde ich mich jedenfalls nicht mehr für ein paar Eier und ein bißchen Suppengrün hinter eine Kassenschlange klemmen.

Vorsichtig ging ich zum Briefkasten runter – niemand mehr da. Ich zog meine Zeitung raus, und da klebte ein Zettel mit seiner korrekten Schrift: Wo bist du? Versuche es gegen drei noch mal, Rupert.

Das war gut, gegen drei, da hatte ich noch zwei schöne Stunden, um mich rundum aufzumöbeln. Ich konnte mich nicht auf die Zeitung konzentrieren, ich mußte immer an Rupert denken. Vier Jahre, und alles in allem ganz gute Jahre, wenn auch ohne große Leidenschaft. Rupert hatte Theater gespielt, meist in kleinen Kellertheatern, zum Beispiel 342mal ›Die offene Zweierbeziehung‹, immer wieder ›Die offene Zweierbeziehung‹, ich frage mich, wie ein Mensch das aushält? Bei der Premiere fand ich ihn phantastisch – welches Temperament auf einmal! Wie laut er sein konnte, wie lebendig! Ich war verblüfft und stolz auf ihn und wieder neu verliebt. Als ich es – Wochen später – mit Freunden zum zweitenmal sah, fand ich es schon peinlich. Ich sah ihn vor mir, wie er zu Hause im Unterhemd am Küchentisch saß und die FAZ las, ganz sorgfältig, Seite für Seite, alles mit der gleichen Intensität, oder sagen wir mal: alles mit der gleichen gründlichen Langeweile – Politik, Wirtschaft, Kultur, Reiseblatt. Stundenlang trank er Tee, aß Brot mit Camembert und Schnittlauch, und ich dachte an unsere ereignislosen Nächte. Und auf der Bühne sauste er herum wie ein Ehrenmitglied der tanzenden Derwische, war witzig, war schlagfertig – aber das war ja die Rolle, das war Dario Fo, nicht er. Trotzdem fand ich es empörend, und als ich ihn ein halbes Jahr später zum drittenmal sah, habe ich es nicht mehr ausgehalten, diesen Mann, der mich neben sich fast verhungern und vertrocknen ließ, derart ausgelassen auf der Bühne herumspringen zu sehen, und bin in der Pause gegangen. Später spielte er an einem anderen Kellertheater in Gabriel García Marquéz' Stück ›Liebestirade gegen einen sitzenden Mann‹ den Mann – er mußte zwei Stunden still mit dem Rücken zum Publikum auf einem Hocker sitzen, und eine Frau schrie und schimpfte auf ihn ein, schluchzte und klagte an und breitete ihr ganzes beschissenes Leben vor ihm aus, und er saß und schwieg. Ich konnte mich mit der Frau identifizieren. Zwischen Rupert und mir brach Feindseligkeit aus, wir spielten zu Hause weiter: Ich schrie, er saß im Unterhemd und las die FAZ, und eines Tages eröffnete er mir, daß er sich in diese Schauspielerin, die ihn da auf der Bühne jeden Abend fertigmachte, verliebt habe, daß sie ein Kind von ihm erwarte, daß er sie heiraten werde. Das war's dann.

Es klingelte wieder. Welchen Grund gab es eigentlich auf dieser weiten, unbegreiflichen Welt, welchen Grund gab es für mich, auf dieses Klingeln von diesem Rupert zu reagieren? Nicht einen einzigen.

Ich kochte mir einen schönen, starken Kaffee, rauchte eine gute, starke Zigarette und ließ es klingeln. Wahrscheinlich hatte Rupert es auch mit dem Telefon versucht, aber das Telefon stand schon lange in Toms Zimmer, und wenn er nicht da war, stöpselte ich es aus. Ich hasste dieses Telefonklingeln, das mich störte, wenn ich träumte, las oder Musik hörte, ich wollte nicht mehr für jeden erreichbar sein, und Karl hatte für Notfälle einen Schlüssel, damit ich nicht wie die berühmten unentdeckten Rentner acht Wochen tot in der Wohnung liegen würde.

Es klingelte Sturm, ich wurde wütend. Was für eine Anmaßung, dachte ich, sich mit Sturmgeläute wieder in mein Leben drängen zu wollen, nachdem du es so sang- und klanglos verlassen hast, du kannst mich mal.

Und dann war es ganz still, nur das Geräusch, mit dem ich die Zigarette ausdrückte. Das war geschafft.

Ich ging zum Fenster und sah vorsichtig hinter der Gardine nach unten. Auf der Straße stand Block, nicht Rupert, und er sah hoch. Block, schmal und ganz in Schwarz, wie immer, Block, Zeitgeistschreiber bei einer Zeitgeistzeitung, trockener Alkoholiker, chronisch schlecht gelaunt, Block, der mich immer nur belehrt hatte: Ich las die falschen Bücher, ich hörte die falsche Musik, alles an mir war falsch, vor allem mein Beruf als Lehrerin an einer Gesamtschule. Total falsch. Aber ich liebte meinen Beruf, und die Kinder liebten mich. Wir hatten einen sehr hohen Ausländeranteil an unserer Schule, das ist nicht einfach, aber ich hatte es gut im Griff. Ich frühstückte manchmal mit den Kindern – ließ jeden von zu Hause das mitbringen, was bei ihm gefrühstückt wurde, und dann wurde getauscht. Es war eine große Sauerei im Klassenzimmer, aber sie vertrugen sich untereinander und lernten sich besser kennen. Block fand das idiotisch und sagte: Sobald sie aus der Schule raus sind, schmeißen die einen Brandsätze in die Häuser der andern, du wirst schon sehen. Ich bin überzeugt davon, daß meine Kinder das nicht tun, weil sie bei mir etwas anderes lernen, aber Block war immer Pessimist, durch und durch. Es gab keine guten Möglichkeiten, nur schlechte, und mir war schleierhaft, warum er heute gekommen war und was er von mir wollte. Er wandte sich ab und ging die Straße hinunter, und ich war froh, nicht aufgemacht zu haben, und wunderte mich, daß mich mein Leben heute anscheinend gleich doppelt einholte.

Ich setzte mich wieder an den Küchentisch, machte mir eine Flasche Wein auf und überlegte, was ich eigentlich vom Leben wollte. Einen Mann? Eine richtige Familie? Bestimmt nicht. Ein paar mehr vernünftige Menschen um mich herum – das wäre es schon gewesen, aber mir fiel ein, wie Gary Cooper im Wilden Westen in eine Stadt einreitet und brummt: Städte bedeuten Menschen, und Menschen bedeuten Ärger... Ich wollte keinen Ärger. Nur ein paar gute Freunde – aber möglichst auch nicht zu nah. Ich wollte keine Anrufe von hysterischen Freundinnen, die mit über vierzig noch schwanger wurden und mir selig ihre Fruchtwasseranalysen mitteilten, ich wollte nicht diese Anrufe von Sabine mitten in der Nacht, betrunken – du, hör mal, ich lese gerade ein Buch über Jeanne d'Arc, wußtest du, daß die völlig zu Unrecht verbrannt worden ist? Das macht mich total fertig, aber es ist wissenschaftlich erwiesen, völlig zu Unrecht ... Jaja. Ich wollte nicht mehr zu Geburtstagen und Hochzeiten eingeladen werden, das war alles Verschwendung von Lebenszeit. Ich wollte auch keinen Mann mehr an meinem Küchentisch haben, seine Wäsche nicht auf dem Fußboden in meinem Bad, ich wollte nicht jede Nacht einen Mann in meinem Bett haben. Nicht jede. Aber wie macht man das, nur ab und zu? Wie wird man allein alt und doch nicht allein? Tom würde mich in drei Jahren verlassen, dann hatte er sein Abitur, zweifellos ein gutes Abitur, und dann würde er Sport studieren oder Zahnmedizin, irgendeine Ulrike heiraten, vielleicht Oberbürgermeister von Dinslaken werden, entzückende Kinder kriegen und die der Oma in den Ferien schikken, und die Oma wäre ich – nein, das alles wollte ich auch nicht. Ich wollte ich sein, mit meiner Art, zu leben und Unordnung zu machen, zu rauchen, zu arbeiten, zu trinken – »tanzen, ja, aber die schweren Schuhe anbehalten« – das hatte ich irgendwo gelesen, und es gefiel mir. Ich wollte weinen, wenn Bob Dylan sang »It's alright, Ma, I'm only bleeding« und wenn im Fernsehen glückliche Mutter-Tochter-Beziehungen oder grausige Tierbilder gezeigt wurden, und ich wollte das alles tun, ohne daß mich jemand dabei spöttisch ansah und fragte: Großer Gott, spielen die Hormone mal wieder verrückt?

Kein Rupert mehr, keine FAZ. Kein Block mehr mit seinen schwarzen Cowboystiefeln mit schrägen Absätzen und nach oben gebogenen Spitzen. Bei den Mongolen, das hatte mir ein kirgisischer Junge in meiner Klasse mal erklärt, bedeuten nach oben gebogene Stiefelspitzen, daß sie die Erde – das Antlitz Gottes – nicht aufreißen wollen mit ihren Schuhen. Ein schönes Bild – aber warum trug Block, der mißgestimmte Atheist, mitten in Köln Cowboystiefel mit nach oben gebogenen Spitzen? Absurd, das alles. Ich hatte es satt. Ich war alles Diskutieren darüber leid, wie ich mein Leben einzurichten hätte. Ich sehnte mich nach jemand, der mich so nähme, wie ich war, mit stumpfem Gefieder, Fell mit Schuppen, grauer Seele, und der mich wieder zum Glänzen brächte und zum Leuchten, wie früher. Ich wollte ich sein, nicht mehr Gattin, Mutter, Tochter, noch nicht Oma, einfach nur ich.

Und es klingelte schon wieder. Im Klassik Radio hudelte gerade ein Pianist die Appassionata herunter, und mir fiel Lenin ein, der gesagt hatte: Ich wäre auch sehr gern gerührt von der Appassionata, aber dazu ist jetzt keine Zeit, es ist Zeit, Köpfe abzuschlagen. Ich hätte gern dem Kerl, der da unten klingelte, den Kopf abgeschlagen.

Ich nahm meinen Wein und die Zigaretten und ging ins Wohnzimmer, es war inzwischen schon Abend geworden. Vielleicht, dachte ich vergnügt, kommt ja auch gerade heute mein Ehemaliger, der intellektuelle Wichspinsel, aus Guernavaca zurück und klingelt auch mal eben! Vielleicht stehen sie jetzt alle drei dort unten und reden über mich und wollen hoch in meine Küche, und ich soll Bratkartoffeln und Spiegeleier machen für Rupert, den alten Langweiler, für Block, der schon mit elf Dostojewski las und mit vierzehn bereits drei halbherzige Selbstmordversuche hinter sich hatte, für meinen Ehemaligen, der unentwegt damit beschäftigt war, die Welt im Großen zu verändern, nur im Kleinen kam er nicht mit ihr zurecht. Vielleicht wollte er ja auch ausgerechnet heute mal seinen Sohn wiedersehen, den blonden Thomas Hermann Friedrich, der zum Glück so ganz nach Vaters Familie kommt und so gar nicht nach seiner konfusen Mutter! Bedaure, meine Herren. Keine Lust auf FAZ-Leser und Zyniker, keine Lust auf Weltverbesserer und Väter, der Sohn ist außer Haus und die Mutter dankt ohne Interesse.

In diesem Augenblick drehte sich in meiner Wohnungstür ein Schlüssel. Tom konnte das noch nicht sein, außerdem kam er nie, ohne vorher auf eine bestimmte Weise zu klingeln – er wollte mich nicht in zweifelhaften Situationen überraschen. Rupert hatte mir den Schlüssel damals zurückgegeben. Mein Ehemaliger hat zu dieser Wohnung nie einen Schlüssel besessen, und Block – Block sollte ja nicht die Frechheit haben, hier mit einem Schlüssel ganz selbstverständlich wieder hereinzukommen, wo er so arrogant rausgerauscht war, ich würde ihn hinauswerfen, ich würde ihm die Tüte mit seiner Baudelaire-Ausgabe in perlgrauem Ziegenleder an den Kopf schmeißen, die noch im Flur stand und wegen der er überhaupt wahrscheinlich heute gekommen war, ich würde …

Es war Karl. Er stand in der Tür, klein, kräftig, er sah verwirrt aus.

»Warum machst du nicht auf«, fragte er, »bist du tot?«

»Ich glaube nicht«, sagte ich, »aber ich will meine Vergangenheit nicht reinlassen.« Und ich war so glücklich, Karl zu sehen.

»Doch«, sagte Karl, »laß sie rein. Laß mich rein und mach sofort den Fernseher an, da läuft eine lange Bob-Dylan-Nacht, all die Freaks singen nur seine Songs, und das kann ich einfach nicht alleine gucken, das kann ich nur mit dir.«

Er holte zwei Bier aus der Küche und ich schaltete den Fernseher ein.

Willie Nelson erschien mit seinen langen grauen Zöpfen und seinem guten Gesicht, und er sang:

»What was it, you wanted?
Could you say that again?
I'll be back in a minute,
could you get it together by then?«

»Ja«, sagte Karl, »was war's denn, das ich mal wollte, ich hab's vergessen, sag du mir's, Willie!«

Ich legte den Arm um Karl und sagte: »Guck Willie Nelson an, wie der sich immer treu geblieben ist, und jetzt guck dir an, was Amerika und seine Zahnärzte aus Kris Kristofferson gemacht haben!«

Kristofferson war ein angefetteter Biedermann mit entsetzlichem Kunstgebiß geworden, aber immerhin tröstete er die weinende Sinead O'Connor, die ausgebuht wurde, weil sie vor einiger Zeit öffentlich das Bild des Papstes zerrissen hatte. Das Publikum ließ sie nicht singen, Kristofferson führte sie weg, und ich war empört.

»Warum gehen solche Leute in ein Dylankonzert«, fragte ich, »wo ist Dylan, warum läßt er das zu?«

»Er läßt es nicht zu«, sagte Karl, »die Welt ist dumm und bigott, wer weiß das besser als er, er wird einen Song daraus machen.«

Karl und ich tranken unser Bier, und Eric Clapton und Lou Reed hatten so kurze Haare wie Tom und sangen trotzdem »Don't think twice, it's alright«, und ich dachte, daß ja vielleicht doch noch nicht alles verloren wäre und daß sich die Zeiten eben einfach änderten, aber some things never change, einiges blieb Gottseidank wie immer.

Johnny Winter kam und mißhandelte seine Gitarre so wie seinen tätowierten Körper. Er war endlos lang und mager, leichenblaß, hielt die Albinoaugen geschlossen, das weiße Pferdehaar hing ihm lang über den Rücken und er sang »Highway 61 Revisited« und legte ein Gitarrenfeuerwerk hin, daß wir zu atmen vergaßen. Dann trat diese Mischung aus Zwerg Nase und Patti Smith auf, Ron Wood von den Stones mit seinem hundertjährigen Raubrittergesicht. Er trug ein gelbes Rüschenhemd und nuschelte »Seven more days, all I've got to do is survive«, und ich dachte an unsere Ängste und Träume und Hoffnungen, und ich hielt mich an Karl fest, der mich schon gekannt hatte, als ich erst achtzehn war, und der meine Mutter noch gekannt hatte und der wußte, daß diese Wunde, die Mutter heißt, sich nie schließt und ewig in mir blutet. Karl.

Und dann erschien der Meister persönlich. George Harrison sagte ihn an:

»Some call him Bobby, some call him Zimmi, I call him Lucky, Mr. Bob Dylan.«

Er war soviel kleiner und zarter als alle anderen, er hatte kurze Locken und trug ein kurzes Jäckchen. Um seinen Mund waren tiefe, scharfe Falten, und er schloß die Augen, spielte Gitarre und sang. Sang? Er näselte, krächzte und schlurfte mit der Stimme wie ein besoffener alter Mann, wie ein wunder, knurrender Straßenköter. Nach den vorhergegangenen Gitarrengewittern fühlte man das Erschrecken über soviel Stille gegen den Strich. Da stand er, ohne Gehampel, ohne scharfe Gitarrenriffs und Glitzerklamotten, und er hatte die Welt immer für uns alle in Poesie gebracht und flüsterte: »It's alright, Ma, I'm only bleeding«, schon gut, Mama, mach dir keine Sorgen, ich sterbe nur gerade, mein Herz bricht nur gerade, aber sonst, alles in Ordnung, Mama.

»You lose yourself, you reappear
you suddenly find you got nothing to fear.«

Du verlierst dich, du findest dich wieder, und plötzlich spürst du: du mußt keine Angst mehr haben, es kommt einer, und der findet dich.

Karl und mir liefen die Tränen einfach so aus den Augen, und wir sahen uns an. Und endlich küßten wir uns, endlich, nach zwanzig Jahren Umweg, hungrig, verwundert, glücklich, unsere ganze lange Geschichte war an dem Punkt angekommen, auf den sie immer zugesteuert war. What was it I wanted? Das, genau das.

Und als es an der Haustür wieder Sturm klingelte, machten wir nicht auf, Karl, Bob Dylan und ich.

Wurst und Liebe

Harry hatte damals gerade die Filmhochschule beendet, und zwar mit Bravour, da bekam er die Chance, seinen ersten eigenen Film zu drehen. Fördergelder waren zugebilligt worden, ein Team stand zur Verfügung, und es gab die Zusage des Senders, den Film zu unterstützen und schließlich zu zeigen. Das war Mitte der 70er Jahre. Wir studierten damals alle Theaterwissenschaft, und Harry war noch zusätzlich auf die Filmhochschule gegangen.

Harry glühte. Er saß in unserer Küche und erfand den Film neu, er entwickelte sonderbare Liebesgeschichten, tiefgründige Dramen, doppelbödige Komödien und schließlich einen handfesten Krimi.

»Das wollen sie sehen«, sagte er, »das brauchen sie immer, ich muß gleich etwas liefern, mit dem ich voll einsteige, erst mal ein kommerzieller Erfolg, dann kann ich immer noch Träume verwirklichen.«

Harry ist Realist, nicht umsonst sitzt er inzwischen tatsächlich in Santa Monica und kennt schon Dustin Hoffman. Harry wußte immer, was er wollte: ein großer Regisseur werden. Als Kind hatte er mit einer alten Super acht den Tag an einer der Würstchenbuden seines Vaters festgehalten, die Penner, die da ihr Bier tranken, die Büroangestellten, die sich abends ihre Currywurst mit Pommes rot-weiß reinstopften, die Hausfrauen mit dem Häppchen zwischendurch – Harry hatte sie alle auf Super acht, mit Ton und Musik unterlegt, das war das Leben, das war sein Leben.

Ein Krimi also. Aber mit Liebe. Ein Schüler-Lehrer-Krimi, das Milieu war ihm selbst noch nah, das kannte er, Schüler liebt Lehrerin, nein, besser: Lehrer liebt Schülerin, verführt sie, Freund wird eifersüchtig, Mord, Aufklärung, Tränen, Liebe und Tod, herrlich.

Er machte sich ans Drehbuchschreiben, aber das war nicht seine Stärke. Harry ist ein Mann der Bilder, und in unserer Küche war er durchaus auch ein Mann des Wortes, aber ein Drehbuch – das ist schon was anderes, und wir Freunde mußten mit ran. Wir entwarfen die Geschichte mit ihm zusammen, wir bastelten an den Dialogen herum, machten Vorschläge, er änderte, wir tranken algerischen Tafelrotwein und matschten uns klebrige Tomaten-Käse-Toasts zusammen. Das Drehbuch wuchs, nahm Gestalt an, der Redakteur des Senders war entzückt. Ein erfahrener Schauspieler wurde als Lehrer engagiert, eine blutjunge und wunderschöne Schauspielerin als Schülerin, und irgendwann stand das ganze Projekt tatsächlich vor Drehbeginn.

Harry war selig, aufgeregt, voll in Fahrt und Form. Aber irgend etwas fehlte ihm noch.

»Ich weiß nicht, was«, sagte er, »aber es fehlt etwas, es fehlt eine Idee für den Anfang. Ich kann sie doch nicht einfach in der Klasse sitzen lassen und sie schwärmt ihn an. Doris, was macht ein Mädchen mit siebzehn, wenn es verliebt ist?« fragte er mich.

Was für eine Frage! Ich wundere mich immer wieder darüber, daß es tatsächlich noch zu Liebesbeziehungen zwischen Männern und Frauen kommt, obwohl sie doch derart wenig voneinander wissen. Ich war mit siebzehn so verliebt, daß ich daran sterben wollte. Er war Geiger, ein blasser, blonder Mensch, und er war so still, wie ich lebhaft war. Deshalb liebte ich ihn ja, alles an ihm war anders als an mir, und wenn man jung ist, liebt man das andere. Später sucht man Gleiches, sucht Ruhe, Verstehen, Harmonie, Übereinstimmung. Aber mit siebzehn muß alles neu und anders und unerhört sein. Ich spielte schlecht Klavier, er spielte hinreißend Geige. Ich war so jung und unerfahren, er war über dreißig, hatte eine feste Freundin im Orchester und eine Affäre mit einer Spanischlehrerin, die große Hüte trug. Aber mit mir machte er lange Spaziergänge, hielt meine Hand und nannte mich Prinzessin. Er nahm mich mit in seine Wohnung und spielte mir auf seiner Geige Tschaikowskij vor und Brahms, und mein Herz zitterte und ich hätte ihn gern sofort geheiratet, aber daran war natürlich nicht zu denken, ich stand zwei Jahre vor dem Abitur. Wir schliefen ja nicht einmal miteinander – es waren die 60erJahre! Gerade, daß wir uns ab und zu küßten. Ich schrieb Tagebücher voll seinetwegen, über ihn, an ihn. »Heute habe ich dich gesehen und der Tag ist vergoldet«, schrieb ich. Ich dichtete Verse: »So ist zuletzt doch alles nur ein Warten auf deine Liebe und auf dich, so tief, unsagbar tief erfüllst du mich wie Duft von zuviel Blumen einen engen Garten«.

Heute denke ich, etwas Ähnliches muß ich irgendwo gelesen und vielleicht abgeschrieben oder umgedichtet haben, damals schienen aber alle Gefühle nur aus mir selbst zu kommen, kein anderer Mensch fühlte wie ich, und da verwischt sich Angelesenes mit den Träumen.

Einen engen Garten ... nicht schlecht, ich las es Harry vor, und er war begeistert.

»Wunderbar«, rief er, »solche Schmalzgedichte muß sie dem Lehrer schreiben!«

Und es ist nicht so, als hätte es mir nicht doch noch einen kleinen wehen Stich ins Herz gegeben, nach all den Jahren.

»Ich färbte dir den Himmel brombeern mit meinem Herzblut, aber du kamst nie mit dem Abend – ich stand in goldenen Schuhen«, sagte ich, und Harry wälzte sich auf dem Teppich vor Vergnügen. »Goldene Schuhe, ich werd nicht mehr!« lachte er, »das ist große Klasse, hörst du das, Otto? In goldenen Herzensschuhen stehen die Frauen und warten auf uns, komm, schreib das auf, Doris, genau so soll sie ihn anschmachten.«

»Else Lasker-Schüler«, sagte ich kühl, »das ist nicht von mir, das ist von Else Lasker-Schüler«, und er fragte: »Kenn ich die? Studiert die auch Theaterwissenschaft?«

»Nein«, sagte ich schnippisch, »die kennst du nicht, Else Lasker-Schüler ist eine wunderbare große Dichterin, die verwurschtest du nicht in deinem Film.«

Gegen das Wort ›verwurschten‹ war Harry, Sohn

des Inhabers einer Würstchenbudenkette, allergisch. »Ich verwurschte nicht«, sagte er, »ich setze künstlerisch um.«

»Jaja«, sagte ich, »und wie nennen wir das, wenn Arthur Miller zu Marilyn Monroe sagt: ›Du bist das traurigste Mädchen, dem ich je begegnet bin‹, und sie hält das für einen ganz kostbaren, persönlichen Satz, und schon ist er, schwupp, in seinem nächsten Stück? Man nennt das verwurschten. Da seid ihr doch alle gleich.«

»Das hat Miller gemacht?« fragte Harry, »der gerissene alte Fuchs. Komm, Doris, stell dich nicht an, das wird ein Kultfilm, wir werden alle weltberühmt, wer kennt denn schon Else Müller-Dingsbums. Los, guck deine Tagebücher durch und such mir was raus, Liebesqualen, Geseufze, Herzeleid, den ganzen Sehnsuchtskram. Paß auf, ich fang so an: Schulhof von oben, sie steht unten mit den andern Mädchen, er im zweiten Stock am Fenster, Lehrerzimmer. Er guckt runter, zack, zoom, groß auf sie, sie guckt rauf und dann höre ich, was sie denkt, verstehst du?«

»Was denkt sie?« fragte Otto, »daß sie ihre Tage kriegt und die Lateinarbeit verhauen hat?«

»Blödmann«, sagte Harry, »sie denkt ... sie denkt, ja, das ist es eben, was denkt sie? Doris, genau das mußt du schreiben: was so ein Mädchen denkt, wenn es total verliebt ist. Goldene Schuhe, Himmel färben und so, du weißt schon. Wir hören ihr quasi beim Dichten und Denken zu, komm, Doris, schreib mir das.«

»Was zahlst du?« fragte Otto, »Herzblut kostet.«

»Mensch«, sagte Harry, »sei doch nicht immer so geschäftstüchtig. Du weißt, wie knapp der Etat ist. Doris hat das ganze Liebesgedusel doch drauf, sie muß es doch bloß abschreiben. Oder gib mir dein Tagebuch, Doris, und ich such mir die klebrigsten Stellen raus.«

»Das könnte dir so passen«, sagte ich, »niemals kommt mein Tagebuch in deine fettigen Finger.«

»Ha«, sagte er, »das ist auch gut, so mit Alliteration wie bei Wagner, wigulaweia, Wotan, woge, fasse mit fetten, fiesen Fingern freudloses Flehen …« Und er und Otto lachten, bis ihnen die Tränen kamen, und dann steckte sich Harry eine Zigarette an, gab mir einen Abschiedskuß auf die Wange und sagte: »Also, Doris, ich verlaß mich auf dich. Bis Montag.«

Es war ein rührseliges Wochenende. Ich ertrank im Seelenschmerz von damals, ich las die kurzen Zettel, die der Geiger mir geschrieben hatte – »Du meine Prinzessin«, schrieb er, »unsere Liebe schwebt sehr hoch oben auf einem wackligen Gerüst, Vorsicht, mach nicht die Augen auf, wir stürzen ab …«

Ich las einen Packen langer Briefe, die ich mit brauner Tinte an ihn geschrieben und nie abgeschickt hatte, reich gespickt mit auf ihn hin abgewandelten Zitaten quer durch die Weltliteratur: »Du mein Geiger, dein Lächeln ist so weich und fein, wie Glanz auf altem Elfenbein, wie Heimweh, wie ein Weihnachtsschnein …«

Was war das? Rilke? Warum erinnerte ich mich kaum noch daran, war mein jetziges Leben denn so gänzlich abgetrennt von dem des verliebten jungen Mädchens damals? Was war mit mir passiert, wann hatte ich das alles vergessen? Ich dachte so groß damals, so kühn in eigenen und gestohlenen Bildern. Heute denke ich klein, mein Herz brennt nicht mehr und ich habe mich der Welt angepaßt, anstatt die Welt meiner Leidenschaft anzupassen. Ich überlegte, wer die Schuld an all diesen Verlusten trug – das Erwachsenwerden? Das Studium? Ottos Pragmatismus? Ich sehnte mich zurück nach der törichten Beseeltheit der ersten Liebe.

Ich tastete mich Schritt für Schritt in die gefühlsselige Vergangenheit, und Otto hatte schlechte Laune und sagte: »Kochen wir nun diesen verdammten Grünkohl oder nicht?« und ich antwortete sanft: »Koch du, Lieber, ich kann jetzt nicht, ich bin ganz woanders.« Aber ich sagte ihm dann doch, daß er zuerst Zwiebeln in Gänseschmalz andünsten müßte.

»In der herbstlichen Zeit, wie ist es so leicht, schluchzend zur Erde zu sinken«, hatte ich im Oktober 1963 geschrieben, und ich weiß noch heute, daß das von einem ungarischen Dichter ist, dessen Namen ich längst vergessen habe. Ich bin wieder siebzehn und gleich wird es klingeln, der blonde Geiger wird schmal in der Tür lehnen und flüstern: »Hallo, Prinzessin, komm, wir fliegen weg von hier.«

Damals hatte er mir, als ich seinetwegen so traurig war, geschrieben: Flüchte dich in das, was schön ist und nur dir gehört.

Was gehörte denn jetzt nur mir? Sogar meine intimsten Tagebuchaufzeichnungen sollten für einen Film verwendet werden. Warum eigentlich wollte ich das zulassen? Ich glaube, ich hatte das Gefühl, so wären sie nun doch nach so vielen Jahren noch zu etwas nütze, die Welt würde sie hören, zwar nicht wissen, daß es meine Seele war, die da aufschrie, aber doch hören, daß es eine Seele war, die schrie, oder?

Harry rief am Montag an: »Na, was macht mein Liebestext?«

»Bin dabei«, sagte ich und las ihm vor:

»Mit solchen Kronen krönst du mein Geschick.
Du bist durch dich. Ich kann nicht Gleiches geben.
Doch wenn ich einst, noch flammenden Gesichts,
mir auch gestehen müßte, daß ich nichts
dir war als nur ein flüchtger Augenblick –
du warst ja doch mein ganzes junges Leben!«

Harry schwieg verblüfft.

»Bist du noch da?« fragte ich.

»Großer Gott«, sagte er, »ist das von dir?«

»Nein«, sagte ich, »von Rudolf G. Binding, aber ich hab's ein bißchen umgedichtet.«

»Weiter so«, sagte Harry, »mehr davon, ist mir Wurscht, ob es von einer Frau Müller-Dingsbums oder einem Herrn Bending ist – dichte es ein bißchen um, damit wir kein Theater mit den Rechten kriegen, und sieh zu, daß es sich nicht reimt. Die kann ja schließlich nicht dauernd in Versen denken, wenn du verstehst, was ich meine. Laß diese Kronen und das Geschick und flüchtger Augenblick und so, laß das alles weg, laß sie bloß denken: ich bin dir nur ein Augenblick, und du – du bist – was war er noch mal?«

»Du warst ja doch mein ganzes junges Leben«, sagte ich matt.

»Genau«, sagte Harry, »aber nicht ›warst‹, die Affäre kommt ja gerade erst ins Rollen, ›bist‹ muß es heißen, du bist ja doch und so weiter. Herrlich, und das leg ich dann unter den ganzen Vorspann, weißt du, sie geht über den Schulhof, guckt hoch, er guckt zufällig runter und dann –«

»Und dann zack, zoom«, sagte ich, »er sieht sie, und wir hören, was sie denkt.«

»Genau!« schrie Harry ins Telefon, »woher weißt du das?« »Hast du schon erzählt«, sagte ich, und Otto rief aus der Küche: »Frag ihn, was er zahlt! Der soll nicht denken, er kriegt alles umsonst.«

»Was will er?« fragte Harry, und ich sagte: »Bis morgen abend ist es fertig.«

Ich las den ganzen Montag, die ganze Nacht hindurch. Ich tauchte zurück in mich als Siebzehnjährige und fand Gedanken, an die ich mich nicht mehr erinnerte, Gefühle, die mich einmal gewärmt hatten, ich sah mich wieder so mager und immer ganz in Schwarz, ketterauchend und mit viel zu hohen Absätzen, blaß neben meinem bleichen Geiger, der mich ansah und sagte: »Ach, Prinzessin, du bist zu jung ...« und ich sagte: »Ich komme mir vor wie ein Baum im Frühlingswind, der zerbrechen wird, wenn der Sturm kommt.« Und ich schrieb bei Rilke ab: »Wenn ich gewachsen wäre irgendwo, wo leichtere Tage sind und schlanke Stunden, ich hätte dir ein großes Fest erfunden, und meine Hände hielten dich nicht so, wie sie dich manchmal halten, hart und bang.«

Kein Wunder, daß er mich damals verlassen hat, ach, was gäbe ich darum, ihn heute noch einmal wiederzusehen und ihm zu erklären, was das ist, ein siebzehnjähriges Mädchen.

Ich schrieb den Sehnsuchtstext für Harry aus allen Gedichten, Briefen und Tagebuchaufzeichnungen jener Zeit zusammen, und er begann so:

»Mein Liebster, ich seh dich an mit meinen Herzensaugen, durchs Meer der Träume bin ich auf dich zugegangen, laß jetzt meine Flügel nicht an deinem steinernen Herzen brechen! Ich möchte immer nur von Liebe zu dir reden, aber du und ich, wir wissen ja, wenn die Liebe spricht, spricht, ach die Liebe nicht mehr. Du bist mir alles, und ich bin für dich nur ein Augenblick ...«

»Das ist ganz, ganz große Klasse«, sagte Harry ergriffen, »steinernes Herz, Meer der Träume, wie kommt ihr Frauen bloß immer auf sowas? Genauso stell ich mir das vor, und dann guckt sie hoch und –«

»... und zack, zoom«, sagte Otto. »Mein Gott, Doris, hast du dem armen Kerl damals wirklich solche Briefe geschrieben?« Und Harry sagte: »Es ist grandios, ich hätte das nie so schreiben können, was weiß man schließlich schon von den Weibern, und es paßt genau in meinen Film. Doris, du bist eine Wucht.«

Er wollte mich küssen, aber ich bog den Kopf leicht weg und dachte: »Was weißt denn du. Was weißt du denn schon. Dir hat nie jemand solche Briefe geschrieben, dir wird nie jemand solche Briefe schreiben, und all deinen Filmen wird immer das Herz fehlen. Dein Herz, Harry, wird den Sommer der Liebe nur aus verdunkelten Schneideräumen kennen.«

Nun, um es kurz zu machen: Schon Harrys erster Film wurde ein durchschlagender Erfolg – Grimme-Preis, Goldene Kamera, Preis der evangelischen

Filmkritik, und heute sitzt Harry, wie gesagt, in Santa Monica und kennt nicht nur Dustin Hoffman, sondern sogar Clint Eastwood, und mit Winona Ryder hat er auch schon einen Film gedreht.

Ich aber hörte damals, vor mehr als zwanzig Jahren, im Fernsehen meine Worte, von der so jungen, schönen Schauspielerin geflüstert, während sie zum Fenster hochsah, an dem der Lehrer stand und nachdenklich nach unten auf den Schulhof schaute, und dann, zack, zoom – und ich dachte: Vielleicht sitzt jetzt irgendwo mein junger, nein, nun alter Geiger vor dem Fernseher und die Worte kommen ihm bekannt vor, dringen durch seine Haut, schmelzen etwas in seinem Innern und er wird – ach nein, er kann sie ja nicht kennen, ich hab den Brief doch niemals abgeschickt. Ich hab ihn nicht einmal geschrieben, nur jetzt, nur für diesen Film, ich habe ihn aus den echten Gefühlen und den geklauten Zitaten von damals konstruiert, und nun hören ihn acht Millionen Zuschauer. Werden sie etwas dabei empfinden? Werden sie lachen? Oder sich erinnern an die Zeit, als die Gefühle noch so groß und leuchtend waren wie der Vollmond an den Sommerabenden im Süden?

Als ich zwei Wochen nach der Ausstrahlung des Films im Fernsehen in unsere Küche kam, stand da eine große, altmodische, gußeiserne Wurstschneidemaschine, und Otto säbelte gerade millimeterdünne Scheiben von einer ungarischen Salami ab.

»Was ist das?« fragte ich, »woher hast du die?«

»Das«, sagte Otto, »ist die tollste Wurst- und Schinkenschneidemaschine der Welt, sie hat Harrys Großvater gehört, und Harry hat sie vorhin gebracht, als

Bezahlung für deinen Liebestext. Ist das okay so? Ich finde es total okay.«

Ich fand es auch in Ordnung. Warum nicht. An der Wurstschneidemaschine war nichts auszusetzen. Aber immer, wenn wir damit Schinken, Mortadella oder Salami schnitten, gab es einen leisen Schmerz in meiner Brust, als wäre es mein eigenes Herz, das da von dieser Wurstmaschine in hauchdünne Scheiben geschnitten würde.

Als ich Otto kurz danach verließ, nahm ich die Wurstschneidemaschine nicht mit. Er war sehr froh darüber, daß wenigstens sie bei ihm blieb.

Der Welt den Rücken

Als Franziska Steinmetz im Frühjahr 1962 nach dem Abitur ihr Elternhaus verließ, um in München zu studieren, war sie neunzehn Jahre alt und immer noch Jungfrau. Das war damals nicht gerade etwas Besonderes, die Zeiten waren prüder. In Deutschland regierte immer noch Adenauer, 1968 war noch weit, und die Mütter hatten sich in der Regel bis zur Hochzeitsnacht aufbewahrt und ihre Töchter auch in diesem Sinn erzogen. Von jungen Männern erwartete man, daß sie sexuelle Erfahrungen sammelten, daß sie sich austobten, aber junge Mädchen, hieß es, mußten sich aufheben. Franziska dachte nicht daran, sich bis zur Hochzeit aufzuheben, sie wollte auch Erfahrungen machen, und sie fühlte sich überreif, sie wollte wissen, was das ist: ein Mann, sie wollte diese berühmte erste Nacht, der alle soviel Bedeutung beimaßen, endlich hinter sich bringen. Aber es sollte ein Könner sein, keiner von diesen blassen Schülern, die sie zum Tanzen abholten und dabei über die eigenen Füße stolperten. Mit einem von ihnen, einem sehr liebenswerten, schlaksigen Offizierssohn, war sie fast zwei Jahre zusammen, und sie standen im Grunde kurz davor, ihre für beide erste Liebesnacht miteinander zu verbringen. Dann hatte er ihr in einem vierzehn Seiten langen Brief geschrieben, daß er sich nicht traue, daß er Angst habe, etwas falsch zu machen, daß er seine erste Nacht lieber mit einer erfahrenen Frau verbringen wolle. Die Männer nahmen sich so etwas einfach heraus – nun gut, das konnte, das wollte sie auch: kein Jüngling mit schweißnassen Angsthänden, kein Dilettantismus mehr auf dem Gebiet der Liebe. Franziska hatte beschlossen, sich ihren ersten Mann selbst auszusuchen und es nicht dem Zufall oder einer törichten Verliebtheit zu überlassen, wer sie auf diesem wichtigen Weg vom Mädchen zur Frau sachkundig leiten sollte.

Es war nicht so, als ob Franziska gar keine Erfahrung gehabt hätte. Es hatte auf Partys, Schulfesten, beim Schlußball und nach dem Filmclub in dunklen Ecken genug erotische Übungen gegeben. Feuchtwarme Hände waren auf ihrem Busen gelandet, zwischen Rockbund und Strumpfhose nach unten gerutscht und hatten vor zusammengekniffenen Beinen sofort kapituliert. Ihr letzter Freund war ein verheirateter Musiklehrer gewesen, mit dem sie, während ihre Eltern in einem Cellokonzert waren, unter der Patchworkdecke auf dem schmalen Bett in ihrem Mädchenzimmer stöhnte, sich wälzte, sich sogar halb auszog und zuließ, daß er »ich liebe dich« zwischen ihre nackten Brüste hauchte. Aus dem Kofferplattenspieler mit aufgeklapptem Deckel krächzten französische Chansons, »Bleu, bleu le ciel de Provence«, und Jacques Brel sang knirschend von der Liebe, an die er doch nicht glaubte, weil er alle Frauen für treulos, grausam und oberflächlich hielt. Der Musiklehrer hatte klagend von seiner Frau geredet, die ihn seit der Schwangerschaft nicht mehr hinließe. Irgendwie hatte Franziska das Gefühl gehabt, daß er nicht der Richtige war für das, was sie wollte. Zwar hatte er durchaus Erfahrung, aber seine Berührungen empfand sie als hektisch und ungeschickt, er machte sie ungeduldig und kam ihr eher wie ein überhitzter Dampfkochtopf vor, der gleich platzen würde, als wie ein gelassener Liebhaber. So ähnlich war es dann ja auch gekommen. Der Musiklehrer explodierte sozusagen, entschuldigte sich, zog sich an und schlich tief beschämt davon, und kurz darauf waren ihre Eltern zurückgekehrt und sie hatte sich schlafend gestellt und gedacht: verdammt noch mal.

Dann kam das Abitur mit all seinen Prüfungen, Aufregungen und Feiern, und danach war sie endlich in München und studierte. Sie nannte sich jetzt Franka.

Das erste Semester mit Romanistik und Volkskunde ging vorbei, und es war immer noch nichts passiert. Sie hatte auf einigen flusenden Flokatiteppichen in Studentenbuden gelegen, hatte Männer durchaus an sich herangelassen, aber was waren das für Männer! Entweder Studenten, die zwar Heidegger zitieren konnten, aber keine Ahnung hatten, wie man einen Büstenhalter aufhakt, oder Dozenten mit verschmierten Brillen, Mundgeruch und billigen Schuhen. Und sie hatte im ersten Semester auch wirklich viel tun müssen – sich in die richtigen Seminare einschreiben, die Universität, die Bibliotheken, das Studentenleben kennenlernen, sie hatte sich ein Zimmer suchen und bald darauf in ein zweites umziehen müssen, weil der erste Vermieter sie belästigte. Und er war ja auch nicht unbedingt das, wonach sie sich sehnte, ein kahlköpfiger, dicker Junggeselle in Pantoffeln, der morgens an ihre Zimmertür klopfte und heiser rief: »Fräulein Steinmetz, warum schließen Sie sich denn ein? Ich will doch nur ein bißchen lieb zu Ihnen sein.«

In den Semesterferien war sie mit ihrer Freundin nach Frankreich gefahren und hatte in Burgund bei der Weinlese mitgeholfen. Viel Arbeit, wenig Bezahlung, sehr viel Spaß, aber der Mann, den sie sich für ihre erste Nacht gewünscht hätte, war unter all den Erntehelfern auch nicht dabeigewesen. Das waren freundliche Bauern mit hart verarbeiteten Händen, mit denen man lachen, singen, gut arbeiten und viel Wein trinken konnte, aber an Leidenschaft war nicht zu denken, und sowieso schliefen die Aushilfskräfte in Gemeinschaftsräumen, die Mädchen in der einen Scheune, die Jungen in einer anderen.

Im zweiten Semester mußte Franka sich einen Job suchen, weil das wenige Geld, das ihr Vater ihr schickte, nicht reichte. Sie fing als Briefträgerin in dem Vorort an, in dem sie wohnte. Das brachte achthundert Mark im Monat, alles in allem kein schlechter Job, aber man mußte dafür um fünf Uhr aufstehen, und fünf Uhr, das war einfach grauenhaft. Um fünf mucksten sich Anfang Oktober noch nicht einmal die Vögel, die letzten Säufer schliefen, die ersten Bahnen fuhren noch nicht, und die Müllabfuhr war um diese Zeit auch noch nicht unterwegs. Um fünf konnte man sich auch noch nicht waschen – Fenster auf und kalte Luft hereinlassen, das war alles, wozu sich Franka überwinden konnte. Sie aß ein Stück Brot oder ein bißchen Schokolade im Stehen, trank schwarzen Nescafé dazu, und dann los. Um halb sechs mußte Franka bei ihrer Postfiliale antreten, zusammen mit zwei Kollegen – dem dünnen Hugo, der fast nichts sagte, und dem dicken Walter, der dafür ununterbrochen redete. Er redete nur von Sex und davon, wie er es mit seiner Frau machte, und wenn Walter mal aufs Klo ging, sagte Hugo: »Gar nichts macht er. Sie betrügt ihn schon lange mit einem von der Allianz, aber sag mal nichts.«

Walter war die Tour ein paarmal mit Franka abgefahren und hatte sie eingewiesen. Er hatte sie dabei auf besonders üppige Frauen oder willige junge Mädchen hingewiesen, die einem armen Briefträger schon mal mit Schnaps und Kuß beistanden, wenn der Tag besonders grau war. Aber für Frauen und Mädchen interessierte sich Franka nicht, und über die Männer wußte Walter nichts zu sagen.

Inzwischen fuhr sie allein mit dem schweren gelben Postrad und den beiden großen Taschen, wenn sie alle Briefe, Zeitungen, Karten nach Straßen und Hausnummern eingeordnet hatte.

Um sieben Uhr etwa war sie damit fertig. Sie gähnte, biß einmal an Hugos Käsebrot ab, während Walter sich die Fingernägel mit dem Rand einer Postkarte reinigte. Er las die Postkarte vor: »Liebe Mutter, viele Grüße, Dein Klaus. P.S. Vielleicht komme ich Dich demnächst besuchen. So ein Arschloch. Er kommt ja doch nie. Man sollte der armen

Frau seine blöden Karten am besten gar nicht mehr zustellen.«

Franka las auch ab und zu die Karten und fand, daß die Leute fast nur Unsinn schrieben. Interessant, aber irgendwie unverständlich waren eigentlich immer nur die mit Bleistift gekritzelten Karten, die die junge Tierärztin in der Herderstraße von irgendeinem Wahnsinnigen aus Münster kriegte. Neulich hatte er geschrieben: »Zukunft! Zauber! Zhang!« und heute schrieb er: »Europa: du Nasenpopel aus einer Konfirmandennase. Laßt uns nach Alaska gehen. Gottfried Benn.« Was sollte das? Gottfried Benn war doch ein berühmter Dichter? Und der schrieb über Nasenpopel? Und was bedeutete das alles als Botschaft an eine Tierärztin? Franka hatte außer der Tierärztin noch drei Ärzte in ihrem Bezirk, das war gut, denn da gab es immer eine Menge Pröbchen, Ärztemuster, Vitamintabletten, von denen sie etwas für sich abzwacken konnte.

Der Job bei der Post ermöglichte Franka nach und nach einige Einblicke in die männliche Seele. Zum Beispiel Albert Mattes, Neukircher Straße, warum machte der ihr immer in einem offenen Bademantel auf? Gut, er trug noch eine Unterhose, aber sonst – nackt, offener Bademantel, barfuß, und dann sagte er immer so anzüglich: »Na?« wenn sie ihm die Post gab. Sie wollte eigentlich alles in den Briefkasten stecken, aber jedesmal hatte er sie schon kommen hören oder sehen, öffnete ihr und nahm Briefe und Karten persönlich in Empfang und gab ihr, wenn sie sich umdrehte, um zu gehen, einen kleinen Klaps auf den Hintern. Einmal hatte sie schon gedacht, was soll's, dann nehm ich eben Albert Mattes für die erste Nacht, der will es ja anscheinend, aber er gefiel ihr einfach nicht gut genug, und er hatte Haare auf der Brust, was sie unbeschreiblich abstoßend fand. Sie wollte nicht mit ihrem Gesicht in diesem Gewölle liegen.

Sie war verzweifelt über sich selbst. Wenn das so weiterging und sie so wählerisch blieb, würde sie noch mit fünfundzwanzig als Jungfrau herumlaufen – nein, bitte nicht daran denken. Warum war alles so kompliziert? Sie war sich ganz sicher, wenn einmal der Durchbruch – ja, schönes Wort für das, was da gemacht werden mußte –, der Durchbruch geschafft war, dann würde der Rest mit den Männern ganz einfach sein, dann hätte sie hier eine Affäre und da eine erotische Geschichte, vielleicht würde sie auch endlich die echte große Liebe erleben, wenn nur erst mal der Anfang gemacht und diese unselige Hürde genommen wäre! Und sie wollte, daß es eine gute erste Nacht würde, denn von all ihren Freundinnen wußte sie, daß das erste Mal ein Desaster war, daß es mit Heimlichkeiten, Schmerzen, Unerfahrenheit, Herumgenestel im Dunkeln und bitteren Enttäuschungstränen zu tun gehabt hatte, und daß ein zweites Mal große Überwindung gekostet hatte, nein, das wollte sie nicht. Es sollte hell sein, in einem großen Bett, und er sollte wissen, was er tat und es mit Lust tun, mit soviel Lust, daß sie für immer Spaß an dieser Art Beschäftigung haben würde. Dafür, dachte Franka, lohnte es sich, zu warten und zu lauern.

Einmal war sie fast soweit. In ihrem Zustellbereich wohnte ein schön ergrauter, vielleicht vierzigjähriger Mann, der ein bißchen verlebt, aber immer noch imponierend aussah. Eines Morgens trat er dicht vor sie, er roch gut, und er gab ihr einen Zwanzigmarkschein.

»Wie heißen Sie?« fragte er. »Franka«, sagte sie, und er zog anerkennend die Augenbrauen hoch.

»Interessant«, sagte er. »Franka. Hören Sie, Franka, wenn ein Brief mit dieser Schrift in der Post ist –« und er zeigte ihr einen länglichen Umschlag mit einer schrägen, blauen Frauenschrift –, »dann bitte nicht in den Briefkasten. Niemals in den Briefkasten, Franka. Die Garage ist immer offen, legen Sie ihn bitte oben hinter die erste Farbdose links, da wird auch immer so ein Schein auf Sie warten. Franka, meine Liebe, haben wir uns richtig verstanden?«

Sie hatten sich richtig verstanden, und Franka spürte: der wußte Bescheid, und sie wollte ihn haben, diesen Mann, gleich jetzt, in der Garage. Aber er zwinkerte ihr nur noch einmal zu und ging ins Haus zurück, wo sie seine Frau in der Küche abwaschen sah.

Drei Tage später war so ein Brief gekommen. Franka öffnete ihn natürlich vorsichtig und las ihn. Eine Ulla aus Bremen schrieb, daß sie es kaum erwarten könne, ihn am Wochenende zu sehen, und sie werde ihn am Bahnhof abholen und keine Unterwäsche tragen, egal, wie kalt es sei, das solle er wissen. »Und dann«, schrieb sie, »kannst du es mir sofort machen, im nächsten Hauseingang, auf der Toilette im Café, im Fahrstuhl, und danach gehen wir unter die Leute, und dann werde ich dieses Gesicht haben, du weißt schon, mein Herrlicher.«

Mein Herrlicher! Franka klebte den Brief mit zitternden Fingern wieder zu. Wie gern wollte sie auch endlich »dieses Gesicht« haben! Sie dachte jetzt Tag und Nacht nur noch an Sex, aber den schönen Mann sah sie nie mehr, fand nur regelmäßig seine Zwanzigmarkscheine hinter der Farbdose, wo sie die Briefe mit der blauen Frauenschrift deponierte. Einige Tage hatte sie auch keine Unterwäsche getragen und sich – es war immerhin schon Anfang Oktober – halbtot gefroren beim Postausfahren. Trotzdem war es ein frivoles Gefühl gewesen, unter Jeans und Pullover nackt zu sein. Sie träumte von John F. Kennedy, der damals bewunderter Präsident von Amerika war und ihr als Mann gut gefiel, und obwohl John Steinbeck in jenem Jahr den Nobelpreis bekam, las sie heimlich die Angélique-Romane von Anne Golon, in denen auch vor Lust gestöhnt wurde.

Und dann traf sie ihn.

Sie radelte nach ihrer Tour zurück zum Postamt, er ging auf dem Radweg. Sie klingelte, er drehte sich um und sprang mit einer entschuldigenden Geste zur Seite. Er war groß, blond, hatte unglaublich helle Augen und eine wunderbare Art, sie anzugrinsen. »Sorry!« rief er, und sie drehte sich noch einmal nach ihm um und grinste auch. »Aufpassen, schöner Mann!« rief sie.

Bei der Post stellte sie ihr schweres Rad ab und ging mit den leeren Taschen hinein, wo Hugo seinen Erdbeerquark löffelte. Sie machte die Abrechnung, ordnete die Einschreibzettel in eine Mappe, sortierte für den nächsten Tag ein bißchen vor und nahm sich die ZEIT und den STERN mit nach Hause, es reichte, wenn die pensionierte Lehrerin aus der Umbachstraße die erst am nächsten Tag, am Freitag, bekam. Dann sagte sie »Macht's gut, ihr beiden Deppen« zu Hugo und Walter, Hugo sagte: »Wir lieben dich!« und Walter sagte: »Irgendwann verhau ich dich oder ich treib's mit dir auf dem Gemeinschaftsklo«, und sie dachte: nein, du eben nicht, und ging hinaus. Es war kurz nach elf, wenn sie sich beeilte, konnte sie noch in die Universität fahren und um zwölf die Flaubert-Vorlesung hören. Flauberts grausam objektive Beschreibung der Sinnlosigkeit von Emma Bovarys romantischer Sentimentalität tat ihr gut.

Er stand draußen. Er lehnte an der Wand, grinste und rauchte, und Franka dachte: Der ist es.

Sie ging einfach auf ihn zu, nahm die Zigarette, die zwischen seinen Lippen hing, tat einen tiefen Zug und schob sie wieder zurück an ihren Platz.

»Die Christel von der Post?« fragte er. »Warum kenn ich dich nicht, ich dachte immer, ich kenne alle hübschen Frauen.«

»Vielleicht bist du nicht in meinem Bezirk«, sagte Franka, und das Herz klopfte ihr so stark im Hals, daß sie Angst hatte, er könnte es sehen.

»Fliegerhorst«, sagte er, »ich bin einer von diesen wundervollen, attraktiven Piloten.«

Später erfuhr sie, daß er einfacher Feldwebel war, aber er machte sich bei den Frauen gern interessant damit, daß er Pilot sei. Er war Schlosser aus Ulm, Zeitsoldat, fünfunddreißig Jahre alt, und er hatte noch ein knappes Jahr im Fliegerhorst abzusitzen.

»Fliegerhorst«, sagte sie, »aha. Da schicken sie das Mädel nicht hin. Zu gefährlich bei euch Jungens.«

»Ich bin Heinrich«, sagte er und gab ihr die Hand. »Franka«, sagte sie, und er fragte: »Und du bist wirklich Briefträgerin?«

»Nein«, sagte sie, »Studentin«, und er lachte.

»Ach, die süßen Studentinnen«, sagte er, »immer so gescheit, aber keine Ahnung vom wirklichen Leben.«

»Was ist das, das wirkliche Leben?« fragte Franka. »Zeig es mir, wenn du es kennst.«

Heinrich lachte, trat die Zigarette aus und hakte sie unter, als wären sie ein altvertrautes Paar.

»Was machst du am Wochenende?« fragte er. Und Franka sagte: »Da bin ich mit dir zusammen und du erklärst mir das wirkliche Leben.«

Er blieb stehen und grinste. »Sonst ziert ihr Studentinnen euch doch immer so«, sagte er, »heute scheint ja mein Tag zu sein. Also gut: ich fahre am Samstag nach Landsberg, da heiratet ein Freund von mir, große Fete. Willst du mit?«

Und ob sie wollte. Sie wäre am liebsten sofort gefahren, gleich jetzt, wollte seinen warmen, festen, so männlichen Arm nicht mehr loslassen. Aber sie waren vor ihrem Haus angekommen.

»Hier wohne ich«, sagte sie. »Du mußt bei Seehuber klingeln.«

»Ich werde hupen«, sagte er, »so.«

Und er machte das Hupgeräusch nach, mit dem nervöse Italiener in ihren kleinen Fiats durch die Straßen brausen. Dann beugte er sich hinunter und küßte Franka, und das war nicht der Kuß eines Jünglings. Das war der Kuß eines Mannes, der wußte, was er wollte. Ein fester, fordernder, kurzer, aber sehr eindeutiger Kuß. Franka hatte weiche Knie.

»Zeit wie heute?« fragte er, und sie nickte: wie heute. Warum nicht heute? Wie sollte sie es aushalten bis Samstag, jetzt, wo endlich so nah gerückt war, was sie seit Jahren ersehnte?

Er ging, und sie hatte nicht einmal den Mut, ihm nachzuschauen. Sie setzte sich im Hausflur auf die Treppe und wartete, bis ihr Atem sich beruhigt hatte, ehe sie nach oben in ihr möbliertes Zimmer ging.

In der Nacht von Freitag auf Samstag konnte sie nicht schlafen. Sie badete (einmal in der Woche durfte sie Frau Seehubers Badewanne benutzen), sie cremte sich am ganzen Körper ein, schnitt die Nägel, legte sich die Haare, sie versuchte, in einer Nacht schön zu werden. Am Morgen trug sie fahrig und eilig die Post aus, rannte nach Hause und zog den knappsten Slip, die engsten Jeans, das schönste T-Shirt an. Es war ein sonniger Tag, goldener Oktober, und sie zog den Slip wieder aus und trug nur Jeans, T-Shirt und weiße Turnschuhe an den nackten Füßen. Sie saß am Fenster und wartete.

Er kam in einem silbergrauen VW, und er hupte. Sie konnte sich nicht rühren, sie konnte einfach nicht. Schließlich stand sie auf, ging zum Spiegel über dem Waschbecken und sah ihr Mädchengesicht an: so fiebrig, so hungrig.

Sie ging zurück zum Fenster, er lehnte am Auto und zündete sich gerade eine Zigarette an, und sie dachte einfach nur: Ja.

Sie flog die Treppe hinunter, versuchte, lässig auf ihn zuzuschlendern mit ihrer kleinen Reisetasche und sagte: »Hallo.«

Sie sahen sich beide prüfend an. Es war doch alles

ziemlich schnell gegangen, und sie schätzten sich ab. Sie schätzten sich ab und waren zufrieden, beide. Sie nahm wieder einen Zug aus seiner Zigarette, er warf die Tasche auf den Rücksitz, sie stiegen ein und fuhren los.

»Heinrich«, sagte sie, »ich habe ein Geheimnis, aber das erzähle ich dir erst heute abend.« »Ich liebe Geheimnisse von Frauen«, sagte er, »was ist es, bist du etwa verheiratet, kleine Studentin?«

»Es ist was – Erotisches«, sagte Franka, und er lachte.

»Solche Geheimnisse liebe ich noch viel mehr«, sagte er, und er lenkte mit der linken Hand und legte die rechte in ihren Schoß.

Sie fuhren über wenig befahrene Landstraßen durch grünes Wiesenland, die Kühe weideten, die Sonne schien, die Luft flirrte, und das Laub hing gerade noch golden an den Bäumen, bereit, sich zu lösen, wie Frankas Herz. Franka war, wie Madame Bovary am Beginn ihrer Ehe, gewillt, sich nach allen Theorien, die sie kannte, jetzt unbedingt in eine schöne Liebesstimmung zu versetzen.

Heinrich erzählte vom Fliegerhorst und machte dumme Sprüche: »Piloten, ihr seid ein herrliches Land, aber der Schwarzwald ist die schönste Jahreszeit!« blödelte er, und sie erzählte vom Volkskundeseminar, wo sie ein Referat über Brötchenformen hatte halten müssen, und ob er wisse, daß das Brötchen der weiblichen Scheide nachgebildet sei? Fast konnte er vor lauter Lachen nicht mehr fahren. Sie lachten über die dämlichen Soldaten und die noch blöderen Studenten, und Franka fühlte sich frei, glücklich und schön und dachte: In ein paar Stunden habe ich es endlich hinter mir, und der hier, der wird es richtig machen.

Sie nahmen ein Doppelzimmer in einem alten Gasthof. Es gab zwei Betten mit einer Ritze in der Mitte, und die Betten waren blütenweiß bezogen. Das Zimmer lag unterm Dach und ging auf einen kleinen Platz hinaus, auf dem ein Brunnen rauschte. Franka öffnete weit das Fenster und legte sich mit ausgebreiteten Armen, wie gekreuzigt, auf eines der Betten. Heinrich ging ins Bad, pinkelte, wusch sich, prustete unterm kalten Wasser und zog den Reißverschluß seiner Jeans erst zu, als er schon zurück ins Zimmer kam. Fast alle Männer machten das, sogar wenn sie in Restaurants von der Toilette zurückkamen. Franka hatte es oft beobachtet und abscheulich gefunden, aber bei Heinrich fand sie es aufreizend. Sein Oberkörper war nackt, und er hatte keine Haare auf der Brust wie Albert Mattes aus der Neukircher Straße. Franka hatte bei jedem Mann, den sie kennenlernte, zuerst unauffällig herauszufinden versucht, ob er Haare auf der Brust hatte, und wenn ja, dann ging gleich gar nichts. Bei Heinrich hatte sie vorausgesetzt, daß alles perfekt sein würde. Es war alles perfekt.

Heinrich sah sie an und spürte ihre Bereitschaft. Er hatte genug Frauen gehabt, um diesen speziellen Geruch der Lust sofort zu wittern. Er zog Franka die Turnschuhe aus, ohne die Bänder aufzuknoten, er zog ihr die Jeans von den Beinen, streifte ihr T-Shirt hoch.

»Oh«, murmelte er heiser, »keine Wäsche.« Und dann: »Schöner Busen.«

Er küßte ihre Brüste, zog seine Jeans aus, und Franka schlang Arme und Beine um ihn und flüsterte: »Heinrich, mein Geheimnis ist: du bist der erste.«

Er lag schwer auf ihr. Sein hartes Glied erschlaffte.

»Scheiße«, sagte er.

Dann hob er den Kopf, sah sie an, und sie mußten lachen, umarmten sich, kugelten auf den Betten herum, und er rief: »Das darf doch nicht wahr sein, wie alt bist du? Neunzehn? Was zum Teufel hast du all die Jahre getrieben? Und warum tust du dann so erfahren und gehst sofort mit dem ersten besten ins Hotel?«

»Weil ich wußte, daß du der Beste bist«, sagte Franka. »Ich habe immer auf den Richtigen gewartet.«

»Und ich bin der Richtige?« fragte er ungläubig.

Sie nickte. »Du bist ein Kenner«, sagte sie, »ein Kenner und ein Könner. Das sieht man. Ich will einen, der es gut macht. Mit dem es – Spaß macht.«

Er setzte sich nackt aufs Bett, nestelte seine Zigaretten aus der Hosentasche und zündete für sie beide eine an.

»Ich denke, man raucht immer erst hinterher eine?« fragte Franka keck. »Aha, wenigstens das weißt du schon«, sagte er und seufzte nach dem ersten tiefen Zug: »Schöner Mist. Es macht keinen Spaß beim ersten Mal, das sagen jedenfalls alle Frauen, mit denen ich darüber geredet habe. Ich muß dir nämlich auch was sagen.«

Er legte sich neben sie und blies den Rauch zur Zimmerdecke.

»Es stimmt«, sagte er dann, »ich hatte schon eine Menge Frauen, aber noch nie eine Jungfrau. Die meisten Männer stehn auf so was, aber ich nicht. Ich hab mich immer gedrückt. Gedrückt oder Glück gehabt. Verdammt noch mal, und jetzt kommst du daher, kleine Studentin.«

»Einer muß es doch mal machen«, sagte Franka, »die waren alle zu blöd bisher. Laß mich jetzt bloß nicht hängen.«

»Hängen ist gut«, grinste er und zeigte auf sein schrumpeliges Kringelchen.

»Das kriegen wir schon wieder hin«, sagte Franka und nahm es in die Hände. Und sie kriegten es hin.

»Es wird weh tun«, murmelte er und legte noch schnell ein Handtuch unter sie, »und bluten wird es auch.«

Franka schloß die Augen und klappte sich so weit auf, wie sie nur konnte, ihr Herz, ihr Körper, ihre Seele lagen ausgebreitet vor und unter diesem Mann, der sanft und sehr behutsam endlich das tat, worauf sie so lange gewartet hatte. Sie schwitzten beide, ihr Atem flog, sie tat einen leisen Schrei, als sie ihn in sich spürte, und er flüsterte: »Weißt du, wie wir Bayern im Fliegerhorst dazu sagen? Wie beim Oktoberfest: Ozapft is.«

»Es ist ja auch Oktober«, keuchte Franka.

Sie mußten so lachen, daß er aus ihr herausglitt, aber er kam zurück, hielt sie fest, streichelte ihr Gesicht, küßte sie und flüsterte zärtlich: »Ozapft is, verrückte kleine Studentin. Jetzt hast du's hinter dir.«

Franka spürte, wie sein ganzer Körper sich anspannte, wie er kam, und wie er dann gelöst und heiß auf ihr lag. Sie hielt ihn fest in ihren Armen und sagte: »Danke. Es war nicht schlimm. Es war wunderschön. Gleich noch mal, bitte.«

Aber er stand auf, brachte das Handtuch ins Bad und wusch es aus, brachte ihr einen Waschlappen, wischte ihr Blut und Schweiß ab und war genau so, wie sie sich das immer von ihrem ersten Mann erträumt hatte. Sie hatte recht gehabt, und sie war überglücklich und sprang auf, um ihr Gesicht im Spiegel zu sehen.

»Sieht man es?« fragte sie und sah ihre geröteten Wangen und ihr zerzaustes Haar.

»Man riecht es«, sagte er, trat hinter sie und legte seine Hände auf ihre Brüste. Sie fühlte soviel Glück und Lust und Seligkeit, sie war so befreit und leicht, daß sie einen lauten Juchzer zum offenen Fenster ausstieß. Ein paar Marktfrauen sahen hoch, sie winkte ihnen zu und zog Heinrich wieder aufs Bett.

Ehe sie am Abend zur Hochzeit seines Freundes gingen, hatten sie noch viermal miteinander geschlafen. Franka konnte kaum gehen, alles war wund und tat weh, aber es war ein großartiges Gefühl. Sie lehnte leuchtend und brennend an einer Wand, trank, flirtete, und als Heinrich an ihr vorbeiging und flüsterte: »Verdammt, strahl nicht so, man sieht es wirklich«, flüsterte sie zurück: »Nachher gleich noch mal.«

Sie blieben zwei Tage in Landsberg und kamen nur zum Essen aus dem Bett. Dann mußte Heinrich zurück in die Kaserne, nahm sich aber Urlaub, und sie fuhren für zehn Tage an den Ammersee, wo

Freunde von ihm ein Haus hatten, das leer stand. Franka meldete sich bei der Post krank, Walter übernahm fluchend ihre Tour, und die Uni schwänzte sie.

Es waren zehn Tage der Liebe. Sie liebten sich im Bett, auf dem Fußboden, auf dem Küchentisch, in der Badewanne, sie liebten sich im Stehen, unter Bäumen im Wald, sogar in seinem VW, sie liebten sich, sooft er konnte. Sie konnte immer. Und er war ein herrlicher Lehrmeister, er wußte alles, was Männer und Frauen miteinander machen können, es gab keine Hemmungen, keine Ängste, keine Anstellerei, alles war möglich, alles war erlaubt, und Franka war eine begierige Schülerin. Sie lernte seinen und ihren Körper mit allen Möglichkeiten, mit allen Gerüchen kennen und lieben und begriff, was sie wissen mußte, um in diesen Dingen in ihrem Leben keinen Ängsten und Enttäuschungen mehr ausgesetzt zu sein. Sie konnte fordern, sie konnte geben, sie konnte genießen, und danach trank man ein Glas Wein und rauchte eine Zigarette – wie einfach es doch war. Sie war wie in einem Rausch.

Zehn Tage.

Am Ende dieser zehn Tage sah sie ihn an und dachte: Nun ist es genug. Es gab nichts mehr, was sie nun noch hätten ausprobieren, schon gar nichts, worüber sie noch hätten reden können, dieser fünfunddreißigjährige Schlosser aus Ulm und diese neunzehnjährige Studentin. Sie hatten sich im besten Sinne aneinander satt geliebt, lagen stumm und zufrieden nebeneinander im Bett und schliefen in der letzten Nacht tief und fest, zwar eng aneinander geschmiegt, aber zum ersten Mal ohne Sex. Es war ihr Abschied. Sie dachte lächelnd an all seine albernen Sprüche, vom »wohltemperierten Glas Bier« bis zu »lieber nix arbeiten als beim Essen getrennt sitzen«. Er war voll mit solchem Unsinn, und sie hatte darüber gelacht, ja, aber nun wollte sie es keinen Tag länger mit anhören müssen. Außerdem war ihr aufgefallen, daß er am letzten Abend in der Dorfwirtschaft mit der Kellnerin geflirtet hatte und einen seiner Sprüche schon für die Kellnerin und nicht mehr für Franka losgelassen hatte: »In der kleinsten Wirtschaft ist es besser als in der größten Schuhfabrik, hab ich recht, schöne Frau?«

Auch er war ihrer überdrüssig geworden, und sie empfand gar keinen Kummer darüber, sondern eine ruhige, gelassene Zufriedenheit. Man hatte einander gutgetan, man würde sich ohne jedes Drama wieder trennen. Wenn sie überhaupt ein wenig litt, dann eher darunter, ihn nicht genug lieben zu können, aber nicht darunter, daß er sie ganz offensichtlich nicht liebte. Sie hatte auf einmal Angst, liebesunfähig zu sein. Aber sie drängte diese Angst beiseite, bereit, sich undramatisch und leicht von ihm zu trennen.

Und genauso kam es auch. Sie fuhren am nächsten Tag nach München zurück, und als er sie vor ihrem Haus absetzte, umarmte sie ihn und sagte: »Ich werde dich nie vergessen, Heinrich. Ich bin dir für immer dankbar.« Er küßte sie und sagte: »Du warst eine verdammt gute Schülerin. Jetzt mach was draus.«

Als er einstieg, fragte er: »Sehen wir uns noch mal?« und Franka nickte. Sie blickte ihm nach und dachte: Mach's gut, mein Freund, an jeder Ecke warten schon frustrierte Frauen auf dich, mach sie alle glücklich, du kannst es.

Am Nachmittag meldete sich Franka bei Hugo und Walter zurück, die sich darüber freuten, sie wiederzusehen. Walter fragte: »Was hättest du gemacht, wenn es geknallt hätte?« Franka verstand ihn nicht. »Geknallt?« fragte sie, und Hugo war entrüstet. »Jetzt sag bloß, du hast gar nichts mitgekriegt?«

Nein, Franka hatte nichts mitgekriegt, und sie nahm die ZEIT und den STERN der pensionierten Lehrerin mit nach Hause und las völlig verblüfft, daß in diesen Tagen, in denen sie bei Heinrich gelernt hatte, was das ist, Leidenschaft, daß in diesen Tagen die Welt am Rande eines Abgrunds gestanden hatte. »Kubakrise« hieß es in allen Zeitungen, die Kubakrise war gerade noch mal ohne Krieg bewältigt worden. An dem Sonntag, als sie nicht aus dem Bett gekommen waren, hatten die USA ihren Raketengürtel von Grönland bis in die Türkei aktiviert, weil auf Kuba sowjetische Raketen gesichtet worden waren, direkt auf die USA gerichtet. John F. Kennedy hatte in einer Rede an die Nation – »My fellow citizens« – den Ernst der Lage und »highest national urgency« angekündigt. Franka hatte an diesem Tag zum erstenmal im Freien geliebt, und es war köstlich gewesen. Fidel Castro hatte seinem Volk eingeschärft: »Patria o muerte, venceremos«, der Berater des Präsidenten hatte abfällig und kriegslüstern gesagt: »Let's bomb them back into the Stone Age.« Da saß Franka am Ammersee mit Heinrich in der Badewanne. Die Menschen hatten Hamsterkäufe für einen möglichen Atomkrieg getätigt, die amerikanische Post hatte trotzig versichert: »Wenn nach einem Atomschlag noch was da ist, dann stellen wir auch noch Post zu!« und die Kinder hatten in den Schulen gelernt: »Duck and cover!« Eine Aktentasche oder die Schulbank über den Kopf, Augen zu und durch, wenn die Bombe fällt.

Franka war damals noch nicht so politisiert wie einige Jahre später durch die Proteste an den Universitäten, aber daß hier etwas im Gange gewesen war, das die Welt dramatisch hätte verändern, ja, zerstören können – das begriff sie. Während sie zum ersten Mal Tage und Nächte mit einem Mann im Bett verbracht hatte, schwamm in der Karibik alles auf dem Wasser herum, was einen großen Teil der Welt in Schutt und Asche hätte legen können. Und sie erschrak darüber, wie sehr man, ist man mit sich selbst beschäftigt, der ganzen Welt den Rücken kehrt.

Franka stürzte sich wieder in ihr Studium, beflügelt, ausgefüllt, und sie fing nur aus Spaß und um gerade Gelerntes auszuprobieren eine Affäre mit dem Volkskundedozenten an, dem sie mal zeigte, was eine Brötchenform ist.

Heinrich und Franka sahen sich drei Wochen später noch ein letztes Mal und tranken ein wohltemperiertes Glas Bier miteinander.

»Gib mir deine Telefonnummer«, sagte er, »ich schreibe nämlich das neue Telefonbuch.« Sprüche bis zuletzt, und sie konnte inzwischen gar nicht mehr darüber lachen, aber sie sah ihn an und dachte an ihre lehr- und lustreichen Nächte und war ihm dankbar. Aber Lust machte er ihr nicht mehr.

Wenig später nahm Heinrich seinen Abschied vom Militär. Er hatte großen Ärger bekommen, weil er während der ganzen Kubakrise, als alles mobil machte, nirgends aufzufinden gewesen war. Jetzt ging er mit seiner Abfindung zurück nach Ulm, wo er einen Waschsalon aufmachen wollte.

Franka vergaß ihn, aber nie so ganz. Ihre Beziehungen zu Männern waren gut, leidenschaftlich, unkompliziert. Sie hatte einige längere Liebesgeschichten in den nächsten Jahren und heiratete dann den Direktor einer Fabrik für Kupferdraht. Er war reich, sie war reich, sie waren glücklich. Franka nannte sich nun wieder Franziska und übersetzte Literatur aus dem Französischen und Italienischen. Ihr Mann und sie waren viel auf Reisen in der ganzen Welt, verstanden sich gut, hatten keine Kinder. Franziska wußte nicht genau, ob ihr Mann ihr immer treu war. Sie waren nicht das Paar, das sich andauernd mit Kontrollanrufen quälte, und Eifersucht war eine Eigenschaft, die sie beide für dumm und überflüssig hielten. Wenn man nicht zuviel nachspioniert, muß man auch nicht eifersüchtig sein, dachte Franziska, und ihr Mann dachte wohl genauso, und sie lebten gelassen und glücklich miteinander und zerhackten nicht das, was schön war, mit sinnlosen Fragen. Sie schliefen auch nach zwanzig Ehejahren noch gelegentlich und gern miteinander, und Franziska hatte ihn in all den Jahren nur zwei Mal betrogen – kurze Affären aus reiner Leidenschaft, jede nur für eine Nacht. Das zählte nicht. Ob es die Liebe wirklich gab, nach der sie immer gesucht hatte, das wußte sie nicht. Sie hatte das Gefühl, als gäbe es eine Menge Erwartungen in die Liebe, als gäbe es sogar Liebesbeweise, aber die Liebe selbst blieb so verborgen wie Gott im brennenden Dornbusch. Ein Phantom, das nicht zu fassen war. Aber es gab Berührungen.

Im Herbst 1989 war Franziskas Mann in Neuseeland, um einen neuen Firmenabschluß für Kupferdraht zu tätigen, er blieb vierzehn Tage weg. Sie war in dieser Zeit zu einer Freundin nach München gefahren, mit der sie eigentlich Einkäufe und Theaterbesuche hatte machen wollen, aber der Vater der Freundin verunglückte, und sie mußte ihn pflegen. Franziska hatte sich in den Zug gesetzt, um zurück nach Hause zu fahren. Sie wohnte in der Nähe von Stuttgart.

Es war ein grauer, melancholischer Tag. Franziska fuhr erster Klasse und sah in den Regen. Sie war jetzt sechsundvierzig Jahre alt und sehnte sich manchmal nach der unruhigen, quirligen Franka von damals, nach Verwirrungen, Herzklopfen, dem Tänzeln über den Boden, nach verwegenen Gedanken und spontanen Handlungen, aber sie war älter geworden, eine Dame in Armani mit einem Brillantring und einer teuren Uhr, und die Zeit der Abenteuer war wohl vorbei.

Sie ging in den Speisewagen und bestellte sich einen Wein und etwas zu essen, und während sie auf das Essen wartete, kam die Durchsage: »Unser nächster Halt ist Ulm. Nächster Halt: Ulm Hauptbahnhof.«

Ulm. War Heinrich nicht damals nach Ulm gezogen, vor siebenundzwanzig Jahren? Ob er immer noch dort lebte? Und plötzlich hatte sie, zum ersten Mal seit damals und vielleicht auch nur, weil Ulm jetzt fünf Minuten vor ihr lag, große Lust, Heinrich wiederzusehen. Einfach so. Sie hatte Zeit, Züge in Richtung Stuttgart fuhren dauernd, was war schon dabei. Franziska legte das Geld für ihre Bestellung auf den Tisch, ohne das Essen abzuwarten oder den Wein auszutrinken und ging zurück in ihr Abteil, um ihren Mantel anzuziehen und den Koffer aus dem Netz zu holen. Sie dachte nicht darüber nach, was sie wollte. Sie wollte einfach, und die Melancholie war mit einem Schlag verflogen.

Der Zug hielt in Ulm, Franziska stieg aus und hatte ein beschwingtes, kribbelndes Gefühl im Bauch. »Wir wollen doch mal sehen«, dachte sie und steuerte die Post mit den Adreßbüchern an.

Sie fand seinen Namen sofort, es war kein Allerweltsname, und es war eine Adresse angegeben. Franziska notierte sich nur die Anschrift, nicht die Telefonnummer, und nahm sich ein Taxi.

Erst vor seiner Haustür – es war ein altes Mietshaus mit vielen Parteien, er wohnte im ersten Stock – war ihr plötzlich mulmig zumute. Er würde natürlich verheiratet sein. Er würde sie gar nicht mehr erkennen. Er war jetzt zweiundsechzig, und was sollte sie seiner Frau erklären, wer sie war und warum sie klingelte? Eine Jugendfreundin, zufällig in Ulm, ein kurzes Wiedersehen, nur zehn Minuten – die Neugier siegte über Ängste und Skrupel, und Franziska klingelte. Sie bat den Taxifahrer, auf sie zu warten.

Die Haustür wurde aufgedrückt. Sie ging in den ersten Stock, und da stand er. Sie erkannte ihn sofort, aber sein Gesicht verriet Unsicherheit. Er war ein alter Mann geworden, schwer, in einer schlabbrigen

Strickjacke und an den Knien ausgebeulten braunen Cordhosen stand er da und starrte sie an.

»Kennst du mich noch, Heinrich?« sagte Franziska und streckte ihm ihre Hände entgegen. »Ich bin die kleine Studentin. Franka.«

»Ich werd nicht mehr«, sagte er und schloß sie in seine Arme. »Wie lange ist das her?«

»Fast dreißig Jahre«, sagte Franziska und sah ihn an. »Ich bin zufällig in Ulm, und ich wollte dich einfach noch mal wiedersehen.« Sie sah sein müdes altes Gesicht, tiefe Falten, Spuren von zuviel Alkohol. Er trug eine Brille. Aber er hatte immer noch Reste seines jungenhaften Charmes in den hellen Augen.

»Komm rein«, sagte er und schob sie in eine Wohnung, die muffig und ungelüftet roch. In einem biederen Wohnzimmer mit Ledercouch, Schrankwand und Fernseher setzte sie sich aufs Sofa. Sie zog ihren Mantel aus, und er holte Cognac und zwei Gläser.

»Die kleine Franka«, sagte er und sah sie prüfend an. »Du hast dich gut gehalten im Gegensatz zu mir.«

»Ich bin ja auch gute sechzehn Jahre jünger als du«, lachte sie, und er fragte: »Sechzehn Jahre? Warst du damals schon so jung?«

Sie prosteten sich zu, tranken, und Franziska fragte: »Was machst du? Was macht der Waschsalon, komm, erzähl mal.«

»Das weißt du noch?« staunte er. »Ja, hab ich gemacht damals, zwei Waschsalons, liefen gut. Jetzt bin ich Frührentner, hatte einen Unfall –«, er zog ein Hosenbein hoch und wies auf eine große, rote Narbe. »Und die Leber. Immer zuviel gesoffen.«

»Verheiratet?« fragte Franziska und sah keine Spuren einer Frau in dieser trostlosen Wohnung. »Dreimal«, sagte Heinrich und grinste wieder sein freches, selbstbewußtes Grinsen, das sie damals so bezaubert hatte. »Dreimal verheiratet, dreimal geschieden, zwei Töchter. Und du?« »Glücklich verheiratet, keine Kinder«, sagte Franziska. Sie sah ihn prüfend an. »Ich weiß noch alles«, sagte sie lächelnd.

»Naja«, sagte er, »alles weiß ich nicht mehr, aber vieles. Ich erinnere mich gut an dich, Franka. An uns. Ich war dein erster.«

»Du warst der erste«, nickte sie, »und du warst großartig. Wie stehts heute mit der Liebe?«

Er winkte ab. »Gar nichts mehr. Ich hab seit vier oder fünf Jahren mit keiner Frau mehr geschlafen. Da läuft nichts mehr.«

Franka konnte es nicht fassen. »Du warst so ein wunderbarer Liebhaber«, sagte sie, »das hört doch nicht plötzlich auf, und schon gar nicht mit zweiundsechzig? Denk mal an Charlie Chaplin, mit über achtzig hat der noch ein Kind gemacht. Oder Anthony Quinn.«

»Willst du, daß ich dir ein Kind mache?« grinste Heinrich, und sie sagte: »Ich bin schon in den Wechseljahren, stell dir vor.«

Sie lachten beide, prosteten sich zu, Heinrich goß noch mal nach, und es entstand so ein Moment, in dem Franziska wußte: Entweder ging jetzt etwas weiter oder sie würde sofort aufbrechen und in den nächsten Zug nach Stuttgart steigen.

»Weißt du was«, sagte sie, und ihr Herz klopfte wie damals. »Ich bin glücklich, daß ich dich wiedersehe.

Wir beide mieten uns jetzt in einem schönen Hotel ein, wie damals, und heute abend essen wir fürstlich zusammen, was hältst du davon?«

Er verstand sofort. »Wozu brauchen wir ein Hotel?« fragte er trotzdem, »essen können wir doch auch so?«

»Nein«, sagte Franziska einfach, stand auf, zog ihren Mantel an und sagte: »Zieh einen Mantel an und Schuhe, mehr brauchst du nicht.«

»Moment«, sagte er, »so kann ich doch nicht gehen«, und er zeigte auf Strickjacke und Cordhose. »Nein«, sagte Franziska, »so kannst du nicht gehen, darum ändern wir das auch gleich, vertrau mir, laß dich einfach fallen. Damals hast du alles bezahlt, heute zahl ich. Ich bin eine reiche Frau.«

»Man sieht es«, sagte er und zog einen Mantel und Schuhe an. Er ächzte, als er sich bückte und sagte: »Ich bin nicht mehr der Adonis von damals.« »Das wollen wir doch erst mal sehen«, sagte Franziska und wunderte sich darüber, daß er ein Wort wie Adonis kannte. »Was man einmal kann, verlernt man doch nicht, mit der Liebe ist es wie mit dem Schlittschuhlaufen und dem Klavierspielen. Man muß nur ein bißchen üben.«

Er richtete sich auf, nahm ihr Gesicht in seine Hände und erschien ihr plötzlich wieder so sicher, so männlich, so fabelhaft wie damals. »Und wir üben jetzt?« fragte er. Sie nickte, und er küßte sie, fest und fordernd, wie damals, und sie flüsterte: »Ich wollte mich immer schon bei dir bedanken, vielleicht ist das jetzt der richtige Zeitpunkt.«

Sie fuhren mit dem Taxi zum feinsten Herrenausstatter der Stadt. Sie saßen hinten und hielten sich an den Händen wie verliebte Teenager. Franziska kaufte einen Anzug und ein weiches, schönes Jackett für Heinrich, dazu zwei weißblau gestreifte Hemden, Versace-Jeans und seidene Socken. Sie folgte ihm in die Umkleidekabine und preßte sich an seinen Körper, und sie fühlte und sah, daß er durchaus noch fähig war, eine Frau zu lieben.

Sie mieteten sich in einer Suite des besten Hotels ein. »Wieviel Nächte?« fragte der Portier, und Franziska sah Heinrich an und sagte kühn: »Fünf.«

Er lachte nur noch, schüttelte den Kopf und trug die Tüten mit seinen alten und neuen Sachen, das Jackett hatte er schon an.

In der Suite warfen sie alle Kleider von sich und betrachteten ihre Körper, ohne jede Hemmung, ohne Scham, nach so langer Zeit. Sie waren beide dicker geworden, sie hatten beide eine Menge Falten. Ihr Busen war nicht mehr so stramm wie damals, und sein Bauch auch nicht, aber seine Brust war glatt und schön, wie eh und je. Über sein linkes Bein zog sich die große Narbe, sonst war ihnen eigentlich alles vertraut und lieb, und sie sahen sich ins Gesicht und wollten sich, wie damals.

»Komm«, sagte sie und zog ihn zum Bett, das breit und groß war und diesmal keine Ritze hatte. »Heute mußt du nicht schwer arbeiten mit einer Anfängerin. Heute zeige ich dir alles, was du mir damals beigebracht hast, damit du dich wieder daran erinnerst, wie es geht und wie schön es ist.«

Sie liebten sich, sie badeten zusammen, sie ließen das Essen aufs Zimmer bringen, sie tranken gute

Weine, sie saßen an dem kleinen Tisch am Fenster, zündeten Kerzen an und redeten und erzählten sich ihr ganzes Leben, und dann liebten sie sich wieder und schliefen tief und traumlos und voller Vertrauen nebeneinander ein. Sie schalteten den Fernseher nicht ein, sie lasen keine Zeitung. Sie waren nur mit sich beschäftigt, genau wie vor siebenundzwanzig Jahren, aber es war alles viel ruhiger, viel reifer, viel selbstverständlicher als damals, und sie waren außerordentlich glücklich. An den Abenden gingen sie eng umschlungen spazieren, rauchten, tranken in irgendeiner kleinen Bar noch ein Glas, trödelten wieder ins Hotel zurück, liebten sich wieder und wiederholten alles, was sie damals miteinander gemacht hatten, mit der gleichen Lust, nur etwas langsamer, nicht mehr so hungrig, mit viel mehr Leichtigkeit und Ruhe. Er sah sie an, als er erschöpft neben ihr lag.

»Ich hätte nicht gedacht, daß ich das alles noch kann«, sagte er. Und Franziska streichelte sein Gesicht, war gerührt über die Tränen, die sie in seinen hellen Augen sah, und sagte: »Ein guter Liebhaber ist immer ein guter Liebhaber, auch wenn er mal pausiert.«

»Du hast mir etwas zurückgegeben«, flüsterte er und küßte ihre Schulter, und Franziska sagte: »Ich hab dir nichts gegeben, was du mir nicht damals auch gegeben hättest.«

Am letzten Tag aßen sie unten im Restaurant des Hotels, an einem Tisch in der Ecke. Die Menschen waren merkwürdig aufgeregt, als wäre irgend etwas passiert, aber sie beide nahmen keine Notiz davon, bestellten sich zum Abschied Champagner, und Heinrich hatte plötzlich wieder einen seiner berühmten sinnlosen Sprüche auf Lager. Er sagte: »Ich hatte schon Angst, daß ich jetzt zum alten Eisen gehöre. Aber Angst allein macht schließlich auch nicht glücklich, was?« Und als sie dann sah, wie er ein paar Tische weiter eine etwas aufgedonnerte Blondine entdeckte und aus der Ferne so ein bißchen mit ihr flirtete, da wußte Franziska: sie hatte ihn dem Leben zurückgegeben. Dem Leben, den Frauen, der Liebe. Sie war zufrieden.

Am nächsten Tag packten sie ihre Sachen zusammen. Sie lieferte ihn mit dem Taxi bei seiner Wohnung ab, ehe sie zum Bahnhof weiterfuhr.

»Warten Sie einen Moment«, sagte sie wieder zum Taxifahrer und stieg aus. Vor der Haustür umarmten sie sich. »Danke«, sagte Heinrich, und Franziska sagte: »Wofür? Mit Dank zurück. Wir sind quitt.«

»Gibst du mir deine Telefonnummer?« fragte er, und sie schüttelte den Kopf. »Nein«, sagte sie, »außer, du brauchst sie dringend, weil du wieder das neue Telefonbuch schreibst.«

Sie lachten beide und küßten sich ein letztes Mal, Franziska wußte, daß es wirklich das letzte Mal war.

Dann stieg sie in ihr Taxi, sagte: »Zum Bahnhof!« und sah sich nicht mehr nach Heinrich um, der vor seiner Haustür stand, die Tüte mit dem Anzug in der Hand, und ihr nachwinkte, ein alter, aber aufrechter und selbstbewußter, ein immer noch schöner Mann. Er glitzerte wieder, wie Franziska das nannte.

Am Bahnhof kaufte sich Franziska eine Zeitung und las, als sie in ihrem Erste-Klasse-Abteil saß, daß in diesen Tagen, in denen sie mit Heinrich so glücklich und so beschäftigt im Bett gelegen hatte, daß in diesen Tagen vom sechsten bis zum elften November 1989 die Berliner Mauer gefallen war.

Sie hatten nichts davon bemerkt.

Inhalt